KB150563

단 한 번의 열여덟

단
한 번의
열여덟

초판 1쇄 인쇄_ 2020년 02월 15일 | **초판 1쇄 발행**_ 2020년 02월 20일
지은이_이하원 김유진 조수빈 강고운 김규은 정문영 박서영 구현정 이주연 문희서 이유나 김서진
엮은이_김지민 | **펴낸이**_진성옥 외 1인 | **펴낸곳**_꿈과희망
디자인·편집_김창숙·윤영화
주소_서울시 용산구 한강대로 76길 11-12 5층 501호
전화_02)2681-2832 | **팩스**_02)943-0935 | **출판등록**_제2016-000036호
E-mail_ jinsungok@empal.com
ISBN_979-11-6186-069-5 43810
※ 책 값은 뒤표지에 있습니다.
※ 새론북스는 도서출판 꿈과희망의 계열사입니다.
ⓒPrinted in Korea. | ※ 잘못된 책은 바꾸어 드립니다.

2020 대구광역시교육청 책쓰기 프로젝트

단
한 번의
열여덟

이하원 김유진 조수빈 강고운
김규은 정문영 박서영 구현정
이주연 문희서 이유나 김서진 지음

김지민 엮음

꿈과희망

"내가 살아온 이야기를 책으로 적으면 백 권도 넘어."

나이 지긋하신 어른들이 곧잘 하는 말이다.

하지만 실제로 책을 적기 위해서는 에피소드만 있어서는 안 된다. 그 에피소드를 깎고 다듬어 독자에게 전달하는 힘. 그 힘은 기존의 양서들을 읽으면서 길러질 것이고, 이러한 힘들이 모여 자신의 빛깔로 채운 책이 되어 줄 것이다.

금요일 오후의 나른한 시간들을 견디고 함께 읽고 함께 쓴 책인 '단 한 번의 열여덟'은 열여덟 살 여고생 열두 명의 첫 번째 책이다. 이를 처음으로 실제 우리 열두 명은 나이가 지긋한 어른이 되었을 때 이렇게 말할 수 있었으면 좋겠다.

"내가 살아온 이야기를 책으로 적었더니 백 권이 넘었어!"

지도교사 김지민

(+) 덧붙임.

예비 고3으로 바쁜 가운데 자신의 작품의 완성도를 위해 마지막까지 애써 준 우리 꿈끼 친구들! 특히 예쁜 표지를 만들어 준 현정이, 모두모두 고생했습니다. 애쓴 만큼 예쁜 책이 나왔네!

2019년 마지막달, 마지막날

차례

내가 읽은 책 ; 바버라 립스카, 일레인 맥아들

『나는 정신병에 걸린 뇌 과학자입니다』

    정신병에 걸린 뇌 과학자, 자기 성찰을 위해 다른 자아를 만들어내어 그 자아와 대화를 나누는 형식으로 책을 쓰려 했던 나에게 정신병은 좀 다른 의미이긴 하지만 아무튼 정신과 관련되어 있다는 점에서, 그리고 나의 꿈은 뇌신경과학자이기 때문에 내가 글을 쓰는데 있어서 많은 도움이 될 것이라 생각해서 이 책을 선택하여 읽게 되었다. 누구보다 뇌에 대해 잘 아는 국립보건원에서 원장으로 일하는 뇌 과학자가 정신병에 걸렸을 때는 상대적으로 이론적인 것과 경험을 비교해 보았을 때 어떠했

을지도 궁금했다.

　작가는 이과계열에 속하는 사람이다 보니 '합리적이고 체계적인 계획을 수립하는 것'이라는 부분에서 나와 성향이 비슷하다는 것을 느꼈다. 하지만 나는 이 작가에 비해 계획을 수립했더라도 실천하는 부분에서 부족하기 때문에 그러한 습관들을 만들기 위해 노력해야겠다.

　그녀는 '인간의 뇌는 우주에서 가장 복잡한 구조물'이라고 말했는데 나는 그 말이 마음에 쏙 들었다. 그녀는 자신이 잘 아는 '우주에서 가장 복잡한 구조물'이 망가져가고 있음에도 낙관적이고 이겨 내고 말겠다는 태도로 결국 그 병을 이겨냈다. 나도 고난이 있을 때에 그녀와 같은 태도로 시련을 이겨 내야겠다는 생각을 했다. 또한 작가는 병을 앓고 난 후에 자신의 삶을 더욱 의식하면서 살 수 있었다고 한다. 주로 그렇게 하려고 노력하듯이 나의 삶을 더 사랑하고 작은 것에도 감사하며 사는 내가 될 수 있도록 해야겠다.

이하원

Neuro Concerto

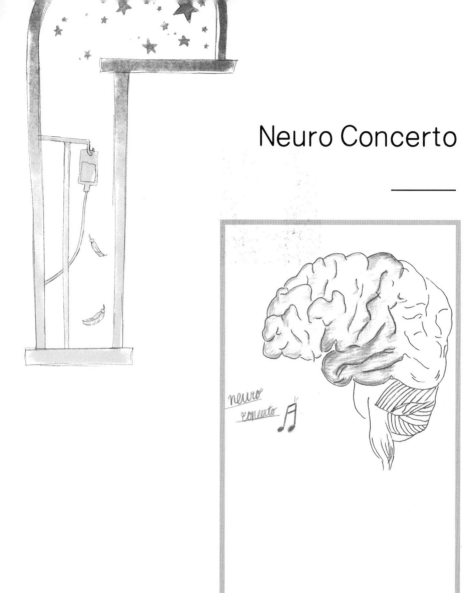

neuro
concerto ♫

이차원

작가 소개

나의 이름은 이하원이다. 친구들에게 나는 어떤 사람이냐고 물어보면 긍정적이고 생각이 많은 사람이라고 대답을 한다.

제대로 된 생각이라는 것을 15살이 되어서야 하기 시작했다. 16살 때, 다니던 학원을 다 끊고 수학의 정석이라는 책으로 독학을 하면서 수학이 얼마나 재미있고 흥미로운 것인지 알게 되었다. 학교 과학 시간 때도 유전 파트가 내게 잘 맞는다는 것을 느끼고 예쁜 한복이 입고 싶어서 사극에 나오는 배우가 되고 싶었던 내가 '유전 공학자'라는 제대로 된 꿈을 가지게 되었다.

이후 영국 드라마 '셜록'에도 영향을 많이 받아 관련 도서를 많이 읽어보게 되었다. 나의 과학적 흥미뿐만 아니라 사회악 또한 개선시킬 수 있을 것이라 생각하여 '국립과학수사연구원'이라는 꿈 또한 꾸게 되었었다.

이외에도 '의미'에 대해 많이 생각하기 때문에 언어, 문학에도 흥미가 많아서 언어학자, 영화감독 또한 되고 싶다. 이러한 과정을 통해 지금의 나의 꿈에 도달할 수 있게 된 것 같다.

많은 생각을 하는 데에 도움을 주고 다양한 관점과 가치관을 형성할 수 있는 독서활동 등을 통해 평소에 관심이 많았던 정신분석에 대한 흥미가 증

폭되었다. 점점 생각과 사고의 체계가 마련되어지는 과정에서 인간에 대한 과학에서 자기 자신을 이해하는 것은 인간 일반을 이해하는 과정의 출발점이자 도달점이라 여겨 뇌를 중심으로 하는 신경계와 언어, 인지를 중심으로 하는 심리 기능 연구를 통해 인간의 특성을 밝혀내 우리 스스로에 대한 이해의 폭과 깊이를 심화함으로써 자기의 삶을 성찰하여 자신의 정체성을 확립할 수 있는 사람이 되고 싶다.

소크라테스의 너 자신을 알라, 어떻게 수천 년 전의 생각인가!

수학 시간에 미분에 대해 배우고 있었다. 함수 $f(x)=|x|$가 $x=0$에서 연속이지만 미분 불가능한 점을 보고 좌극한을 과거, 우극한을 미래로 보았을 때 $f'(0)$은 존재하지 않는 것과 같이 우리 삶에서도 현재의 값은 측정할 수 없기 때문에 나는 시간이 존재하지 않는다고 생각했다.

우리는 지금 3차원의 공간에 살고 있다. 만약 부피가 없는 네모에게 부피가 있는 사과를 알려주기 위해서는 단면적을 잘라 차례로 보여주면 된다. 이것은 서로 차원이 다른 존재에 관한 설명이다. 이와 같이 4차원에 사는 존재가 3차원에 사는 존재인 우리에게 자신을 설명하기 위해서는 4차원의 시공간을 단면적으로 잘라 우리에게 보여준다고 생각할 수 있다. 이렇게 된다면 운명은 정해져 있는 것인데…….

"대체 개인의 가치는 어디 있단 말인가요? 우리가 모든 것을 이미 완성된 채로 우리 안에 지니고 있다면 우리는 무얼 위해 노력하는 거죠?" "자네가 그냥 세계를 속에 지니고만 있느냐, 아니면 그 사실을 알기도 하느냐는 아주 큰 차이가 있는 거야. 미친 사람이 플라톤을 상기시키는 생각을 할

수도 있지." 〔데미안〕

나는 플라톤을 상기시켰는데?!

그리스의 철학자 플라톤은 '시간'이란 환상에 불과한 것으로 우리가 이미 경험한 것과 미래에 경험할 것은 모두 우리 뇌 속에 이미 들어 있다고 생각했다.

이미 정해진 운명에서 무엇이 되길 바라는지 어떻게 살아야 하는지 고민하는 것이 인간이다. 모르겠다 그냥 !!!!!!!! 머리 아파 죽겠다. 졸려 죽겠다. 그래, 해야 하는 게 넘치지만 자고 싶은 게 그게 또 인간이다. (또 드는 생각이 내 마음대로 이렇게 인간에 대해 서술해도 될지에 관한 고민이다.) 어쩔 때는 철학을 생각할 만큼 안정해졌다가 자기 의지 하나 못 세우고 풀썩 쓰러지는 거다. 이것이 내가 함부로 정의를 내릴 수 없는 이유이며 여러 인격이 있기 때문이다. 내가 지금 무슨 말을 하고 있는지도 모르겠다. 그냥 자고 싶다. 자면 일어날 수는 있을까? 아니. 그럼에도 불구하고 무엇을 믿고 또 자려 하는지 알 수가 없다. 이성보다는 본능. 어쩔때는 본능을 참고 이성. '지랄하네'가 맞을까 '세사에 시달려도 번뇌는 별빛이라'가 맞을까. 시각, 관점의 차이이다. 끝이 없는 것이다.

내가 쓴 글은 내 인생의 일부분의 생각이지만 이를 통해 많은 것을 볼 수 있을 것이라 생각한다. 나는 매우 많은 생각을 하며 주로 인생에 대해 생각한다. 어쩔 때는 굳게 믿었다가도 다시 원점으로 돌아가게 된다. 인간의 뇌는 우주에서 가장 복잡한 구조물이므로, 알 수가 없다.

제 1악장 :
Allegro non molto

"야, 너는 왜 살아?"

밤보다 오히려 낮에 더 많은 꿈을 꾸는 나는 친구들에게 그들이 사는 이유를 묻는다.

"어……? 왜 그렇게 슬픈 질문을 하는 거야. 무슨 일 있어?", "음……. 나는 지금 죽어도 상관없어."

동문서답 혹은 대부분 당황. 이후 그제서야 자신이 사는 이유를 짧게 나마 생각해 보곤 한다.
다들 딱히 목적 있는 삶을 살아가는 것처럼 보이진 않는다.
주변에 사람들을 둘러보면 '나 왜 살지, 죽고 싶다.'라는 말을 정말 쉽게 내뱉는다. (혹은 자신 또한 이러한 경험이 있을 수 있다.) '왜 살지' 뒤에 물음표가 없다. 의미 없는 질문이라는 뜻이다. 그렇게 의미 없는 삶을 이어 가기를 연속한다.

변명거리가 있다면, 슬프기에도 바쁘다. 여유가 없다. 수많은 혁명을 통해 일궈낸 사회적 자유는 있을지도 모르지만 사실상 가장 중요한 개인적 자유(개인적 성찰의 시간)는 없는 것 같다. 이것 또한 자기 자신 안에서의 혁명을 통해 자유를 알며 진정한 자신을 알아가야 한다. 하지만 사람들은 그것을 인지하지 못한다. 무엇이 그들을 분별과 생각이 상실된 삶을 살도록 만들어 버렸나. 나라가 바로 서기 위해선 국회의원들의 정치뿐만 아니라 국민들이 정치에 참여를 많이 해야 한다. 하지만 정치를 신경쓰기에 너무나 여유가 없는 삶, 그렇게 만들어 버린 무책임하고 이기적인 사회. 이외에도 너무나 많은 부패들이 이 세상에 가득하다. 연예계와 정치, 자본주의. 악으로 치닫고 있는 모습이 악 그 자체로 보인다. 인문학을 만든 인간이 그 가치를 없애고 있다. 긍정을 죽여 버리는 상황과 현실. 그렇게 반복되는 악순환.

자넨 설마 저 바깥 길거리를 두 발로 서서 돌아다니는 모든 존재를 인간이라고 생각하는 건 아니겠지? 그들 중 얼마나 많은 이들이 물고기나 양, 벌레나 거머리인지, 얼마나 많은 이들이 개미이고 얼마나 많은 이들이 꿀벌인지 알고 있겠지! 하지만 그들 모두에겐 인간이 될 가능성이 있어. 다만 스스로 그걸 눈치채고, 스스로 어느 정도는 그걸 인식하는 법을 배워야만 이 가능성이 진짜 그의 것이 되는 거지…… 자네를 날게 만든 도약은 누구나 갖고 있는 우리 인류의 크나큰 재산이지. 모든 힘의 근원과 연결되어 있다는 느낌. 하지만 동시에 그건 누구에게든 두려운 일이기도 해! 끔찍하게 위험한 일이니까! 그래서 대부분의 사람들은 날기를 포기하

고 차라리 정해진 규정의 손길에 붙잡혀 보행자의 길을 걷기를 선택하는 거야. 〔데미안〕

인간이 되길 포기하지 말라. 삶을 살아가는 이유를 알고 분별 있게 생각하며 행동해야 한다. 누구에게나 자신만의 때가 있는 법이다. 지금 당신이 이 문자를 접했다는 것은 이제 삶의 문제에 대해 생각해 볼 때가 되었다는 의미가 아닐까? 이 세상에는 가치있는 문자가 정말 많지만 그것에 의미를 부여하고, 실천하는 주체는 바로 자기 자신이다. 기회는 있었고 이제는 그것이 기회라는 것을 깨닫고 잡아야 한다.

새는 힘겹게 투쟁하여 알에서 나온다. 알은 세계다. 태어나려는 자는 한 세계를 깨뜨려야 한다. 새는 신에게로 날아간다. 그 신의 이름은 *아프락사스다. 〔데미안〕

*이 이름이 신적인 것과 악마적인 것의 결합이라는 상징적 과제를 지닌 어떤 신의 이름이라고 생각할 수 있겠다.

"야, 너는 왜 살아?"
밤보다 오히려 낮에 더 많은 꿈을 꾸는 나는 나 자신에게 내가 사는 이유를 묻는다.

제 2악장 :
Largo

먼저 생각을 더듬어 보기 전에

보랏빛 하늘과 가로등과 스탠드 아래 빛나는 푸들 써니

그리고 몽골 레스토랑에서 1년 전에 가져온 차가 폴란드식 컵에 담겨져 있다.

무언가를 불러일으키기 위해 잔잔한 음악을 검색하여 들으며

조금은, 55% 밖에 남지 않은 노트북 배터리에도 눈길이 간다.

하고 싶은 말이 많다.

조금은 뜸이 들여지긴 하지만

알 수가 없다

책을 쓰려 하니 생각보다는 긴장된 손과 심장인가 보다

퇴장.

모든 것에 의미가 있을까.

내 마음이 고요해지길 바란다.

어제는 힘이 들었다.

책상에 엎드리니 눈물이 떨어졌다.

이제는 자연스럽게 떨어지는 눈물이라 꽤나 생각해 볼 만한 눈물이다.

차 향기가 좋다.

나는 좋다고 느끼는 향기를 더 크게 맡으려 하면 숨이 잘 안 쉬어진다.

그게 나에게 무슨 의미가 될까.

말하지 않아도 알겠다.

아직은 뜨거워서 마시지 못할 줄 알았던 차가 뜨겁지만은 않다.

책장에 꽂혀 있는 책늘이 사놓고 거의 보지 못한 섯늘이 낳나.

갑자기 너무 비싼 문제집에 대한 비판을 하며 가치에 관한 것을 논할까 아니면 지금까지 내가 계획해 왔던 것들과 어떤 것이 무너지고 어떤 것이 생겨났는지, 내게 어떤 변화가 있었는지에 대해 이야기해 볼까.

알 수가 없다.

나는 지금 어디에 있을까.

차 향기를 맡으려 했을 때의 힘들었던 호흡이 아직도 내 목 주위를 맴돈다.

보랏빛 하늘은 어디 가고 없고 검은 하늘만 보인다.

가로등은 더 선명해졌고 푸들은 아직도 퇴장이다.

무슨 생각을 하고 있을까.

인간과 동물은 한 끝 차이일까.

푸들은 오늘의 자신을 성찰하고 있을까.

나는 되돌아본다.

내가 하는 말들은 내게도 해석이 어려운 것이라

이 후에는 다른 이들이 심리학자가 아니란 것을 깨달았다.

내가 기대한 것과는 너무 다른,

나의 자그마한 기대는 저 드높은 이상이었구나.

후에 알게 된 것은, 그것은 자그마한 기대가 아니라 엄청난 기대였음을.

어쩌면 당연한, 하지만 너는 누구보다도 나에게 소중했기에, 가졌던 기대에 대한 아픔 때문이었다.

이에, 인간에 대한 기대를 하지 않았고

그 때문에 죽고 싶었다.

믿음의 대상이 아닌 인간들과 그러한 인간들이 만들어낸 이 세상 아래서 무엇이 악하지 않은 것이 있을까.

이러한 세상에 보낸 신을 알 수가 없었고,

신과 인간의 차원이 다르기에 생각하지 않으려 하여도 그냥 그 자체로 모순과 거짓인 것 같았다.
　　언젠간 깨달을 수 있을까.

　　　우리가 주목하는 것은 보이는 것이 아니요 보이지 않는 것이니
　　보이는 것은 잠깐이요 보이지 않는 것은 영원함이라. 〔고후 4.18〕

제 3악장 :
Allegro

푸들이 나왔다
그 안에 있는 것을 내가 잊었었나, 깜짝 놀랐다.
화장실에 가고 싶다.
다녀오면 무엇이 변해 있을까
내가 이러고 있는 것이 우스울까
알 수가 없다.
나는 지금 무슨 상태일까
더 이상 쓰기가 싫다.
무엇을 위해
무슨 의도를 가지고
숨을 가볍게 하고 안정된 상태에서 글을 쓰려고 하는지
조금의 소음이라도 내게 오면 나는 변해 버리고 지금의 나와 같지 못
할 텐데
하루에서 이 성찰의 나로 돌아오는데 얼마나 많은 변화가 있을까
나는 분명 하나로만 이루어져 있지 않다.

하지만 내가 했던 말

과거 현재 미래를 하나로 나타낼 수 있는 단 한 글자는 '나'라는 것을

내가 너무 성실했나

그래서 이리도 상실했나

성실하지 않은 사람들이 겪지 않는 고통, 모순 가득한

인간은 자기 자신과 하나가 아닐 때만 두려움을 갖는 법이야.

자기 자신을 전혀 모르기 때문에 두려움을 느끼는 거지. 〔데미안〕

"인생이 원래 그런 거야",

"오늘도 힘내."

왜, 도대체, 어째서 오늘 '도' 힘내라는 말을 하는 것일까

우리는 왜 무언가를 고통을 통해서만 얻어야 하는가

원죄, 왜 굳이 이러한 방식일까

하지만 다른 방식을 기대해 볼 수 없음을 이제야 알겠다.

나 자신에겐 앞으로 기도와 의무를 다하는 것만이 필요함을 안다.

그것을 아는 상태에서 상황에서 벗어나려 하는 것은

비겁한 것밖에 되지 않기 때문에

그리고 사는 것에 꽤나 흥미가 있기에, 사실은 살아야 하므로 산다.

나중에 힘이 들면 이 글을 다시 보며

그 고통을 견뎌 온 과거의 나에게 고맙다고 이야기하기를

가장 아팠던 만큼 가장 소중하기를

너무나도 많은 내 감정들을 정의 내릴 수 없기 때문에

정말로 알 수도 없어서

하나만 가지고 얘기를 해보자면

너무나도 복잡해 터질 것만 같아서

그것을 다 생각해낼 수 있을 만한 정신을 달라고
견딜 수 있는 고통만을 달라고
나중에 보았더니 다 견뎌 내었고
다 견딜 수 있는 고통이었더라 하는 것

분명 단언할 수 없다는 것을 안다
하지만 내가 그래서. 내 성격이 그래서
정적인 것 바뀌는 것을 싫어해서
어떻게 살아야 할지 알아야겠어서
내게는 그것이 너무나도 어렵게 다가와서
정도를 알지 못하겠어서
충분히 예쁘다는 그 말을 듣고서 엉엉 운 날에

　　나는 이미 많은 고독을 맛보았다. 하지만 이제 그보다 더 깊은 고독
이 있음을, 그것이 피할 수 없는 것임을 예감했다. 〔데미안〕

긍정적 염세주의자가 내린 결론;
Une vie ne vaut rien mais rien ne vaut une vie
삶은 아무런 가치도 없지만, 삶만큼 가치 있는 것도 없다.

이상.

처음에는 「나는 정신병에 걸린 뇌 과학자입니다」를 읽고 해리성 정체 장애가 개인의 정체성을 확보하는 동기로 작용한다는 것을 주제로 칼 구스타브 융이 말한 '인격에 있는 의식과 무의식의 두면을 통합하여 온전한 인격을 이룬다.'를 바탕으로 글을 쓰려 했다. 하지만 애초부터 책쓰기 반에 들어온 목적이 나 자신을 좀 더 성찰할 수 있는 시간을 갖기 위함이었기 때문에 주로 나의 생각을 서술하는 시간을 가졌다.

신이 원하는 것이 무엇이냐고 묻는다면 '나의 기록', 내가 생각한 모든 생각이 글과 이미지로 그려진 책을 받는 것. 내가 가지고 있었던, 말로 형언할 수 없는 어쩌면 애처롭고 따뜻하고 아련하고 고통 중에 있었던 그 감정들을 나중에 돌아볼 수 있게 되는 것을 원하기에 우주에서 가장 복잡한 구조물인 나의 뇌에 조금이나마 더 다가가기 위해 수 많은 함축적인 의미를 담아 글을 써 보았다.

학생인지라 책을 쓰는 데 더 많은 시간을 보내지 못한 것이 아쉽기도 하지만 자주 책을 쓸 것을 생각하며 나 자신을 더 알아가는 시간을 보낼 수 있어서 가치 있었다. 삶의 궁극적인 목표는 자신을 아는 것이라 생각하는데 그 과정의 기록을 남길 수 있어서 소중하다.

8 믿음으로 아브라함은 부르심을 받았을 때에 순종하여 장래의 유업으로 받을 땅에 나아갈새 갈 바를 알지 못하고 나아갔으며

9 믿음으로 그가 이방의 땅에 있는 것 같이 약속의 땅에 거류하여 동일한 약속을 유업으로 함께 받은 이삭 및 야곱과 더불어 장막에 거하였으니

10 이는 그가 하나님이 계획하시고 지으실 터가 있는 성을 바랐음이라 [성경, 히브리서 11:8-10]

『나는 가해자의 엄마입니다』

왜 아들이 쏜 총알은 엄마에게 날라와 박혔을까?

이 책에는 테레사건의 용의자로 사람들을 해치고 자살한 아들의 엄마 이야기가 나온다. 아들의 행동으로 그 가족이 받게 되는 비난과 유가족의 원망으로 가족관계마저 붕괴되고 있을 대, 엄마인 수클리보드와 그녀의 남편, 첫 째 아들에게 오는 희망의 메세지가 나의 마음을 울렸다. 가정교육을 잘 못했다고 비난을 할 수도 있겠지만 딜런은 누구보다도 부모님의 말씀을 잘 듣는 착한 아이였다. 이에 딜런의 가족이 직접적인 잘못을 한

것인지 생각하게 되었고, 아들의 우울증을 몰랐던 사실에 충격을 받은 수의 입장을 인상 깊게 생각하여, 겉으로만 보이는 화목한 가정이 진짜로 행복하지 않고, 부모님의 관심에도 발견하지 못한 한 17살의 아이의 우울증 자살에 대해 이야기를 쓰게 되었다. - 조수빈

이 책을 읽으면서 새로운 것을 많이 접할 수 있었다. 피해자가 아닌 가해자의 입장에서 쓰여진 이 책을 읽고, 콜롬바인 총기 난사 사건의 뒷이야기. 그리고 딜런의 이야기를 알게 되었다. 심한 우울증 속에서 혼자 지내다가 결국 되돌릴수 없는 선택을 하는 딜런이 책을 읽는 내내 안타까웠다.

우리나라도 우울증을 겪고, 심하게는 딜런처럼 되돌릴 수 없는 선택을 하는 친구들이 많이 있다. 딜런과 같은 친구들이 상처를 이겨내고 극복할 수 있다면 좋겠다는 생각을 했다. 그래서 나는 딜런의 이야기를 각색해 보았다. 딜런이 어릴적 친구를 만나 치유받는 이야기다. 이 글처럼 상처받는 아이들이 극복하고, 행복해졌으면 좋겠다는 바람을 담아 쓰게 되었다. - 김유진

가장 소중한

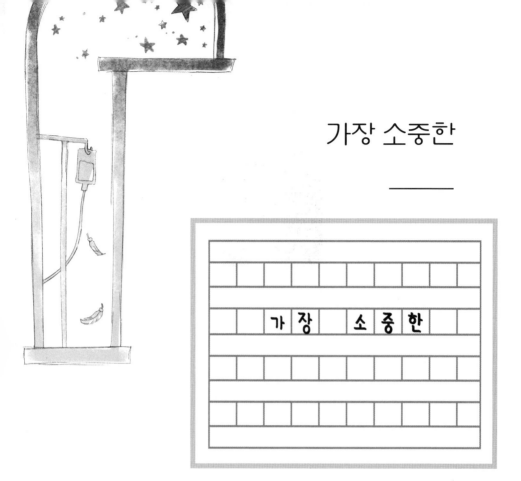

	가	장		소	중	한			

김유진

작가 소개

　　수성고등학교에 재학 중인 2학년 김유진입니다. 평소에 아이들을 좋아
하는 마음이 컸고 자연스레 유치원 교사를 꿈꾸던 중 친구들과 함께 책을
쓸 수 있는 기회가 생겨, 꼭 해보고 싶었던 것 중 하나인 책 쓰기에 도전하
게 되었습니다.

머리말

모두가 학대와 폭력은 나쁘다고 말하지만 하루하루를 두려움에 떨며 지내는 아이들의 수는 줄어들지 않습니다. 충분히 아이에 대해 잘 알고 있고, 이해하고 있다고 자부하는 부모들이 늘어날수록 아이들은 저 깊은 곳으로 숨어들어 갑니다. 아이들의 좋은 선생님인 '친구'마저도 흉기가 되어 아이들을 다치게 하기도 합니다.

제가 읽었던 수 클리볼드의 '나는 가해자의 엄마입니다'라는 책에서 주인공 딜런은 화목한 가정 속에서도 우울증과 분노에 시달리다가 결국 총기 난사 사건, 그리고 자살까지. 되돌릴 수 없는 선택을 하게 됩니다. 혼자서 힘들어하는 딜런과 다른 아이들을 위로할 수 있는, 아이들의 아픔을 씻어낼 수 있는 글을 쓰고 싶었습니다.

그 누구에게도 털어놓을 수 없었던 이야기. 또 다른 딜런의 이야기가 시작됩니다.

차례

―

1
우리 학교에는
범죄자가 있다

"야, 저기 범죄자 지나간다!"

"학교는 계속 나오나 보네. 부끄럽지도 않나."

요즘 들어 콜럼바인 고등학교는 등교할 때든 하교할 때든 조용할 날이 없었다. 모두가 약속이라도 한 듯, 한 곳을 향해 수군대고 있었고, 그 사이에는 움츠린 채 혼자서 터벅터벅 걸어가는 남자아이가 있었다. 얼마 전 콜럼바인 고등학교에서 일어난 총기 난사 사건의 동범, 딜런이다.

몇 달 전, 검은 코트를 입은 수상한 남자기 학교에 들어서더기 곧바로 총격을 퍼부었고, 학교 곳곳에 폭발물을 터뜨려 학생 12명과 교사 1명을 죽이고 그 자리에서 목숨을 끊은 사건이 있었다. 더 놀라운 것은 수사 과정에서, 딜런이 사건의 범인인 에릭과 함께 총기 난사 사건을 벌이려고 했던 사실이 밝혀졌다는 것이다. 수군대는 사람들 속에서도 딜런이 그럴 리가 없다며 부정했던 그의 친구들과 선생님마저도 딜런이 에릭과 함께 찍은 영상이 공개되자 여느 사람들처럼 딜런을 괴물 취급했다.

영상 속에서 딜런과 에릭은 주로 자신의 감정에 대해 이야기했다. 에릭은 딜런이 더욱 화를 내기를 부추겼고, 딜런은 에릭의 기대에 부응하듯, 억지로 화를 내었다. 어느 날짜부터는 딜런 없이, 에릭 혼자 영상을 찍었다. 본격적인 총기 구입과 폭탄물 제조에 들어가자 딜런이 그만두겠다고 한 것이다. 결과적으로 딜런의 잘못은 에릭의 행동을 말리지 않았다는 것뿐이었지만, 어느새 학교에서 딜런은 살인자가 되어 있었다.

딜런은 다른 아이들과 다를 것 없는 평범한 아이였다. 낯을 조금 가렸지만 자전거로 늦게까지 동네를 쏘다닐 친구들이 있었고, 어릴 때만큼은 아니지만 공부도 곧잘 했었다. 그런 딜런이 사실은 그날 에릭과 같이 검은 코트를 입고 총을 쏘려고 했다는 사실은 딜런과 그의 가족, 그리고 친구들에게 끔찍한, 잊을 수 없는 기억을 가져다주었다.

한창 가십거리가 필요할 사람들 사이에서 소문은 진실을 넘어선지 오래였다. 딜런이 자신을 꾀던 에릭에게 넘어가 총기 난사 사건에 개입한 건 사실이지만, 소문처럼 딜런이 에릭을 시켜 살인을 하게 만들었다던가와 같은 일은 절대 없었다. 학교 밖으로는 딜런 뿐만 아니라 딜런의 부모님도 비난을 받았다. '살인자의 부모'나 '가정교육의 실패자'와 같은 말이 항상 딜런의 부모님을 따라다녔고, 딜런의 어머니는 결국 직장을 그만두어야만 했다.

하루 종일 쏟아지는 따가운 시선과 모욕적인 말들 앞에서 딜런이 할 수 있는 일은 가만히 받아들이거나 그 자리를 피하는 것뿐이었다. 그런 딜런에겐 너무나 버거운 하루를 마치고 집으로 돌아가는 길, 초점 없는 딜런의 눈동자가 어느 한 곳을 향했다. 어릴 적 가족과 놀던 놀이터였다. 날이 시원할 때는 형과 캐치볼을 했고, 눈이 소복이 쌓였을 때는 아빠와 눈싸움을 했던 곳이었다. 딜런의 발걸음은 자연스레 놀이터 안으로 향했다.

놀이터 그네에 앉아 있으니 즐겁게 놀았던 장면이 눈앞에 스쳐 지나갔다. 동시에 자신이 모든 것을 망쳐 버렸다는 깊은 우울감에 사로잡혔다. 엄마는 늘 자부심 넘치던 직장을 그만두게 되었고, 사이좋기로 소문난 부모님의 사이도 멀어졌고, 밖에 나가자마자 수군대는 사람들 때문에 형은 집에 틀어박혀 살아야 했다. 딜런은 또다시 어둠 속으로 빨려 들어가는 느낌을 받았다. 눈앞에는 행복했던 어릴 적 추억 대신 끔찍한 흑백의 놀이터만이 남았다.

톡. 토독

우울에 잠식되던 딜런을 멈칫하게 한 것은 조용한 놀이터에서 꽤 크게 들린 소리였다. 위에서 무언가가 떨어진 것 같았다. 보나마나 작은 열매 아니면 나뭇가지 같은 것일 게 뻔했지만 떨어지면서 어디에 부딪히기라도 한 건지 나는 소리가 제법 맑았다. 관심이 생긴 딜런은 그네에서 일어나 무언가가 떨어진 곳으로 발을 내딛었다. 어느 정도 가까워졌을 때 딜런은 눈을 동그랗게 뜰 수밖에 없었다.

온통 시커먼 흑백의 모래 알갱이 사이에서 혼자 빛나는 무언가가 딜런의 눈에 비쳤다. 딜런은 무언가에 홀린 듯 반짝이는 물체를 꺼내기 위해 모래사장을 파기 시작했다. 딜런의 손이 모래에 쓸려 따가워도, 교복이 모래사장 때문에 한껏 더러워져도, 그런 것 따위는 어떻게 되든 상관없다는 듯이 딜런은 그 무언가를 꺼내는 것에만 집중했다. 다행히도 그것은 그리 깊은 곳에 있지 않았고, 덕분에 딜런은 그것을 쉽게 손에 넣을 수 있었다.

딜런은 동그란 물건을 손에 쥐었다. 모래 속에 파묻혀 있었기 때문인지, 불투명해진 병 때문에 안을 들여다볼 수는 없었지만 딜런은 그게 무엇인지 한눈에 알아볼 수 있었다. 또 다른 딜런의 흔적이었다. 딜런이 밝을 수 있었던 시절, 나름 혼자만의 비밀을 만들어 보겠다며 가족 몰래 묻어 놓은 타임캡슐 엇비슷한 것이었다. 물론 어린 나이에 그 신나는 일을 혼자만 가지고 있자니 아까워 한껏 들뜬 상태로 친구에게 곧장 달려가 말했다. 그게 타임캡슐을 묻은 지 세 시간 만이었나. 결국 타임캡슐은 그 둘의 비밀이 되었다. 괜히 반가워진 딜런은 타임캡슐을 곧장 열어 보고 싶었지만, 멀리서 다가오는 시끌벅적한 소리에 캡슐을 가방에 넣고 집을 향해 달렸다.

2
그거,
어디 갔지?

"애쉴리, 지금 집에 어머니 계셔?"

"응, 오늘 맛있는 거 해주신다고 했어. 얼른 가자!"

"나 너무 기대돼. 애쉴리 집에 놀러가는 건 내가 처음이잖아!"
시끌벅적한 소리는 어느새 놀이터 앞까지 다가왔다. 친구 집에 놀러가는 길, 한껏 들뜬 목소리가 놀이터 곳곳에 닿았다. 딜런이 뿌리고 간 어둠은 온데간데없이 사라졌고, 그 대신 웃음소리가 그곳을 가득 채웠다. 다시 놀이터는 활기를 되찾았다. 애쉴리의 집에 놀러가기로 한 친구는 옆에서 한껏 들뜬 목소리로 어제 있었던 일부터, 바로 5분 전 학교에서 있었던 일까지도 모두 재잘거렸다. 사실 애쉴리의 집에 친구가 놀러오는 게 처음은 아니었지만 애쉴리가 이곳으로 전학을 오기 전 까마득한 옛날 일을 설명하는 게 왠지 귀찮아져, 친구의 말을 바로잡지 않았다.

"애쉴리, 고향에 다시 온 기분은 어때? 나라면 너무 행복할 것 같아! 어렸을 때의 추억이 가득한 곳이잖아!"

"응, 좋긴 좋다."

"아, 애쉴리! 얘는 항상 하교할 때 여길 지나가는 길고양이야."

"너무 귀엽다! 안녕. 다음엔 먹을 걸 들고 다녀야겠네."

애쉴리는 어렸을 적, 수도로 이사를 갔다가 얼마 전 다시 돌아왔다. 거의 10년 만에 추억 속의 고향으로 돌아온 것이다. 그때와는 달리 애쉴리의 몸은 훌쩍 커버렸고, 거리의 모습도 바뀌었지만 여전히 애쉴리는 이곳이 더 익숙했다. 오랜만에 추억에 빠져 헤매는 것도 잠시, 친구가 떠드는 소리에 금세 정신을 되찾았다.

"애쉴리, 저기 봐. 모래가 엉망이 됐어! 아기들이 왔다 갔으려나?"

"그렇네. 저기만 엉망인 걸 보니 누가 일부러 헤집은 것 같은데……."

여태껏 친구의 말에는 영 관심이 없던 애쉴리가 놀이터의 모래사장으로 눈길을 돌렸다. 아기들이 놀았거나, 바람이 쓸고 갔다기에는 한쪽만 움푹 파여 있는 모래가 여간 수상한 게 아니었다. 하지만 금세 쓸데없는 이야기라고 생각한 애쉴리는 그대로 놀이터를 지나치려 했다. 그 순간, 애쉴리는 움푹 파인 그곳에 있었던 것이 번뜩 생각났다. 너무 오래된 일이라 무엇인지 자세히 생각은 나지 않지만, 소중한 것이 틀림없었다. 애쉴리가 발걸음을 우뚝 멈추자, 친구는 의아한 표정으로 바라보았다.

"애쉴리, 왜 그래?"

"아, 그게……. 깜빡했는데, 엄마가 오늘……. 아, 병원! 병원에 같이 가기로 한 걸 깜빡했어……. 미안해."

"아……, 그렇구나, 아쉽다. 꼭 애쉴리의 집에 가보고 싶었는데…. 다음에 꼭 다시 초대해 줘!"

당장 놀이터로 뛰어들어가 그 물건이 잘 있는지 확인부터 하고 싶었지만 그러려면 먼저 친구를 돌려보내야 했다. 며칠 전부터 애쉴리의 집에 놀러간다며 기뻐하던 친구의 모습을 떠올리자 죄책감이 슬며시 들었지만, 애쉴리에게 당장 중요한 것은 뒤집어진 모래사장이었다. 다급한 마음에 애쉴리가 뱉은 변명은 엉망이었지만, 시무룩해진 애쉴리의 친구는 그런 것을 단번에 알아낼 만큼 눈치가 좋지 못했다. 친구가 저 멀리서 모퉁이를 돌 때까지 손을 흔들며 자리를 지키고 서있던 애쉴리는 친구의 모습이 사라지자마자 모래사장으로 뛰어갔다.

'이쯤이 맞았는데……. 정말로 없어진 건가……?'

애쉴리는 주위를 두리번거리더니 곧장 모래를 파기 시작했다. 급한 마음에 새로 산 신발이 더러워지는 것도 신경 쓰지 않고 모래를 팠지만, 아무리 더 깊게 파도, 다른 곳을 파도 애쉴리가 찾는 물건은 나오지 않았다. 소중한 것을 잃어버린 듯한 애쉴리는 망연자실한 표정으로 옆에 있는 그네에 털썩 주저앉았다.

'다시 찾을 수 있으면 좋을텐데…….'

3
수신인 없는
편지

"딜런, 조금 늦었네. 밥 안 먹었으면 와서 이거라도 먹."
"괜찮아요."

땀을 뻘뻘 흘리며 뛰어온 딜런은 다급한 표정을 채 숨기지도 못한 채 어머니를 지나쳐 제 방으로 뛰어들어갔다. 가방과 겉옷은 아무렇게나 던져 놓고 얼른 책상에 앉아 타임캡슐을 꺼내들었다. 몇 년간 잊고 살았던 것을 오랜만에 우연히 만난 기분이라 매우 들떴다. 딜런은 타임캡슐을 여는 그 순간까지도 어린 날의 제가 무엇을 묻었었는지를 추억했다. 예닐곱 즈음의 나이면 사탕이나 편지, 장난감 같은 것이 들어 있지 않을까 하며 뚜껑을 슬며시 열기 시작했다.

딜런은 타임캡슐의 뚜껑을 열고 안에 있는 물건들을 보물 다루듯이 소중히 했다. 힘을 주면 바스라지기라도 할 듯 딜런의 손길은 조심스러웠고, 딜런의 눈동자는 오랜만에 반짝거리고 생기가 돌았다. 타임캡슐 안에는 이미 다 녹아 끈적끈적해진 사탕과 어릴 때 가지고 놀았던 작은 자동차 장난감, 노란색의 동그란 머리방울, 오래되어 형체를 알아보기 힘든 종잇조각 몇 개가 담겨 있었다.

작은 것들을 모두 꺼내어 책상에 펼쳐 놓고 캡슐을 내려놓으려 할 때, 바닥에 깔려있는 또 다른 종이가 딜런의 눈에 들어왔다. 어릴 적 찍은 사진이었다. 딜런은 그 사진에서 또 다른 기억을 떠올릴 수 있었다. 어렸을 때 하루 중 대부분의 시간을 같이 보냈던 친구. 어느 순간 잊혀졌던 기억들이 새록새록 다시금 떠올랐다. 일곱 살이 되던 해에 그 친구는 이사를 가게 되었고, 그렇게 딜런은 친구와 헤어질 수밖에 없었다.

기억이 차츰 돌아올 때쯤, 작은 종잇조각들이 친구와 자기가 쓰던 편지라는 사실도 깨닫게 되었다. 어릴 때 쓴 편지라 제대로 된 내용도 없었고, 맞춤법도 엉망이었지만 둘은 나름 중요한 이야기라고 생각되는 것을 주고받았다. 오늘 딜런이 편지를 써서 캡슐 안에 넣어 묻어 놓으면, 내일은 친구가 캡슐에서 편지를 꺼내 읽고 답장을 쓰는 식이었다.

사진 안의 딜런과 친구는 모래밭에서 구르기라도 한 듯 여기저기에 모래가 묻어 있는 더러운 꼴이었지만 흰 교복을 입은 딜런보다도 맑고 깨끗해 보였다. 일곱 살즈음의 딜런은 때 묻지 않은 밝은 미소를 띄고 있었다. 딜런은 어릴 적 친구를 만난 기분에 심장이 쿵쿵 뛰고 들뜨다가도, 어릴 때에 비해 너무나도 변해 버린 자신이 문득 생각나 이내 얼굴을 굳혔다.

딜런은 조금 착잡해진 마음으로 다시 캡슐 안에 물건들을 차곡차곡 담기 시작했다. 녹아서 끈적끈적해진 사탕, 바퀴 하나가 빠져 버린 작은 자동차 장난감, 크레용으로 끄적인 작은 종잇조각들, 그리고 사진 한 장까지. 그대로 뚜껑을 닫으려던 딜런은 무언가 생각난 듯 뚜껑을 도로 내려놓고 책장으로 다가가 공책 한 권을 가지고 다시 책상 앞에 앉았다.

조용한 방 안에는 펜의 딸깍, 딸깍 하는 소리가 유난히 크게 울렸다. 딜런은 공책을 가지고 온 뒤 볼펜만 만지작거릴 뿐 다음 행동을 이어나가지 못했다. 한참을 그렇게 망설이던 딜런은 이내 결심한 듯 공책에 무언가 적기 시작했다.

애쉬, 오랜만이야. 어릴 때 편지를 주고받던 걸 기억해? 이제 답장은 못 받겠네. 거기서도 잘 지내고 있겠지? 나, 살인자가 될 뻔했어. 아마 네가 들으면 절대 안 믿으려고 하겠지? 네가 이 사건을 아직 몰랐으면 좋겠다. 우울증을 겪다가, 학교 친구들을 죽일 뻔했어. 나 때문에 부모님도, 형도 더 힘들어졌어. 어떡하면 좋을까? 모두가 나를 괴물이라고 불러. 하루에도 수십 번씩 나쁜 생각을 하게 돼. 힘들다. 너는 행복하게 지내야 해.

방엔 분명 딜런 혼자였지만 혹여나 누가 볼 새라 손으로 꼭꼭 가려가며 써 내려 갔다. 오랜만에 불러 본 친구의 애칭이 입에 쓰게 남았다. 마지막 줄까지 쓰고 펜을 내려놓으려다 순간, 자신은 더 이상 다른 사람의 행복을 빌어줄 조그마한 마음의 여유도 사라졌음을 깨닫곤 줄을 직직 그었다. 진짜 편지라면 조금 더 성의 있게 썼을 테지만, 이건 단순히 땅에 묻을, 아무도 보지 못할 편지니까. 딜런은 마침표를 찍고 빠르게 접어서 캡슐 깊숙이 집어넣었다. 딜런은 깨끗해진 캡슐을 바라보며 부끄럽지만 조금은 후련한 표정을 하고 있었다.

4
찾았다,
그거

학교를 마친 뒤 집으로 가는 애쉴리는 오늘도 평소와 똑같은 하루를 보내고 있었다. 등교 이십 분 전에 일어나 헐레벌떡 옷을 갈아입으며 씻었고, 머리에 물방울이 송글송글 맺혀 있지만 상관 않고 나가려다 식탁 위에 있는 빵을 집어든 채, 학교에 지각하지 않도록 열심히 뛰었다. 오후에 학교를 마치고 나면 노을빛으로 물든 길을 저벅저벅 걷다 놀이터가 눈에 보이면 잠깐 들어가 그네에 걸터앉았다. 이 일은 애쉴리가 하루 일과 중 가장 좋아하는 일이기도 했다. 어릴 적 친구와 함께 걸었던 길과 함께 놀았던 놀이터만 보면 아직도 그때의 장면들이 생생하게 눈앞에 펼쳐진다.

애쉴리는 그날 이후로 여전히 매일 놀이터 모래사장에 들러 같은 곳을 헤집곤 한다. 없어진 그 무언가를 혹시나 누군가가 돌려놨을까 하는 생각 때문이었다. 덕분에 친구를 떼어놓고 혼자 하교하느라 갖은 애를 다 먹고 있었다. 애쉴리는 오늘도 평소와 다름없이 놀이터로 저벅저벅 들어갔다. 나흘 동안 매일매일 놀이터에 들러 모래사장을 헤집었지만 아무런 성과도 얻지 못한 채 집으로 돌아가야만 했다. 모래사장을 지나쳐 그네에 걸터앉은 애쉴리는 진이 다 빠진 채로 한숨을 푹 내쉬었다.
'오늘도 안 나온다면 이제 그만 오자.'

애쉴리는 이미 지쳤지만 그 물건을 떠올리자 포기할 수가 없었다. 마지막으로 하루만 더 파보기로 다짐하며 모래사장으로 다가갔다. 해가 지는 저녁이라 놀이터에는 아이들의 시끌벅적한 소리도, 아이들을 기다리는 부모님의 목소리도 들리지 않았다. 모래사장에 애쉴리의 발자국만이 차곡차곡 찍혔고, 매일 그랬던 것처럼 같은 곳에 멈춰 서서 모래를 파기 시작했다.

그러던 중, 힘없이 모래를 헤집던 애쉴리의 손이 멈칫했다. 손끝에 딱딱한 무언가가 닿았기 때문이다. 애쉴리의 눈이 동그랗게 떠졌고, 손은 점점 더 박차를 가했다. 마침내 찾던 물건을 손에 넣은 애쉴리는 땀을 뻘뻘 흘리며 손이 더러워진 것도 모른 채 활짝 웃었다.

찾았다, 드디어.

애쉴리는 급하게 그것을 집어 들어 곧장 집으로 달렸다. 애쉴리는 점점 숨이 가빠오는 게 느껴졌지만 아랑곳하지 않고 계속해서 달렸다. 평소 땀 흘리기를 그렇게나 싫어하던 애쉴리의 모습은 찾아볼 수도 없을 정도였다. 집에 도착하자 애쉴리의 상태는 땀과 모래로 엉망이 되어 있었다. 그 모습을 본 애쉴리의 어머니가 깜짝 놀라며 다가왔지만, 애쉴리는 괜찮다는 듯 한 번 웃어보이곤 제 방으로 향했다.

애쉴리는 숨을 가라앉힐 틈도 없이 의자에 몸을 던졌다. 그리고 그 물건을 책상에 올려 놓았다. 십 년 정도가 지났으면 때가 탈 법 한데도 안이 들여다보일 만큼 깨끗했다. 괜스레 긴장한 애쉴리는 천천히 뚜껑을 열기 시작했다.

애쉴리는 하나를 집어 들 때마다 그때의 상황이 눈앞에 펼쳐지는 듯했다. 딜런과 애쉬가 가장 좋아했던 사탕, 딜런이 가지고 놀다가 빠져 버린 바퀴 하나를 모래사장에서 잃어 버려 바퀴가 세 개밖에 남지 않은 자동차 장난감, 애쉬가 매일매일 머리에 묶고 다녔던 노란 머리방울, 글을 이제 막 시작했을 때 주고받았던 편지, 모래 사장에서 뛰어놀 때 딜런의 어머니가 찍어주신 사진 한 장. 특히 애쉬는 바퀴 하나가 빠진 자동차 장난감이 가장 반가웠다.

43

"애쉬, 어떡하지? 애쉬가 선물로 준 건데……."

"찾을 수 있을 거야! 조금 더 찾아보자."

"미안해. 모래가 이렇게나 넓은데 여기서 찾을 수 있을까…?"

"응! 당연하지, 딜런! 여기 바퀴 하나를 찾았어!"

"정말? 애쉬! 고마워!"

바퀴 세 개가 모조리 빠져 버려 자동차가 앞으로 나아가지 않게 되자, 딜런은 애쉬가 선물로 해 준 장난감이 고장이 났다며 울기 직전이었고 애쉬는 안절부절못하며 그 넓은 모래사장을 헤집기 시작했고, 결국 모래 알갱이 사이에서 애쉬가 한 개, 딜런의 어머니가 한 개를 찾아냈었다.

애쉬는 추억에 잠겼다. 타임캡슐을 쳐다보던 애쉬의 눈은 이내 동그랗게 떠졌다. 캡슐의 깊숙한 곳에 빳빳한 새 종이가 곱게 접혀 있었기 때문이다. 애쉬는 쪽지를 집어 들 생각도 하지 못한 채 바라보기만 했다.

'설마 진짜로 딜런이 쓴 걸까……?'

애쉬는 천천히 쪽지로 손을 뻗었다. 예쁜 편지지도, 편지 봉투도 없었다. 스프링 공책 한 장을 주욱 찢어 대충 접어 넣은 편지였지만 애쉬가 보기엔 틀림없이 딜런이 쓴 것만 같았다. 애쉬는 천천히 쪽지를 펼쳐 보았다.

애쉬, 오랜만이야. 어릴 때 편지를 주고받던 걸 기억해? 이제 답장은 못 받겠네. 거기서도 잘 지내고 있겠지? 나, 살인자가 될 뻔했어. 아마 네가 들으면 절대 안 믿으려고 하겠지? 네가 이 사건을 아직 몰랐으면 좋겠다. 우울증을 겪다가, 학교 친구들을 죽일 뻔했어. 나 때문에 부모님도, 형도 더 힘들어졌어. 어떡하면 좋을까? 모두가 나를 괴물이라고 불러. 하루에도 수십 번씩 나쁜 생각을 하게 돼. 힘들다. 너는 행복하게 지내야 해.

오랜만에 연락이 닿아 기쁜 것도 잠시, 편지를 펼쳐 본 애쉴리는 이내 어떤 반응을 보여야 할지 망설였다. 딜런이 살인자가 될 뻔했다고? 딜런이 우울증에 걸렸다고? 아니, 애초에 정말로 딜런이 쓴 게 맞기는 할까?

애쉴리의 머릿속에는 얼마 전 콜럼바인 고등학교에서 일어났다는 한 사건이 스쳐 지나갔다. 딜런이 콜럼바인 고등학교를 다니고 있단 걸 엄마한테서 언뜻 들었던 적이 있었기 때문에 애쉴리는 믿기 힘든 표정을 하면서도 설마 하는 생각을 쉽게 떨쳐 낼 수 없었다.

애쉴리는 딜런의 편지 한 장을 제외한 것들을 다시 캡슐 안에 차곡차곡 넣고선 멍해진 채로 침대에 드러누웠다. 그리고 나선 편지를 다시 들어 계속해서 몇 번이나 읽어보았다. 처음에는 그저 믿기지 않았고, 그럴 리 없다며 부정했다. 하지만 조금만 자세히 찾아보니 기다렸다는 듯 곧바로 여기저기서 들려오는 딜런의 소식에 애쉴리는 더 이상 어떠한 생각도 이어나갈 수 없었다.

애쉴리는 멍해진 채로 천장을 바라보았다. 밝고 순했던 하나뿐인 친구가 어쩌다가 그런 힘든 일을 겪었을까. 애쉴리는 이해할 수 없었다. 누구보다 딜런을 먼저 생각해 주는 부모님과 멋있는 형, 재미있는 친구들. 이렇게만 들으면 누구보다도 화목한 환경 속에서 자라온 것만 같았다. 하지만 이내 애쉴리의 머릿속에는 힘들어하고 있을 딜런이 떠올랐다.

'우울증을 겪고 있다고 했지. 아직까지도 많이 힘들어 하고 있을 텐데…….'

애쉴리는 몇날 며칠을 고민하고 또 고민했다. 당장 딜런을 찾아내어 위로의 편지를 건네주고 싶었지만 고작 17살인 애쉴리는 우울증이나 총기 사건과 같은 단어와는 먼 삶을 살았기에 편지에 어떤 말을 써야 할지 갈피를 잡지 못하였다. 딜런이 더 이상 상처받지 않고 극복할 수 있기를 진심으로 바랐던 만큼 애쉴리는 계속해서 고민하고 또 고민했다. 캡슐을 찾아낸 지 5일째 되던 날, 애쉴리는 침대에 앉아 있다가 결심한 듯 벌떡 일어나 캡슐에 꼭꼭 눌러 쓴 편지를 넣고 닫았다. 그리고는 캡슐을 들고 밖으로 달려 나갔다.

5
좀 더 빨리
갈 걸

숨이 거칠게 차올랐다. 평소에 죽어도 운동은 하지 않으려 했던 내가 원망스러워질 정도였다. 얼마 남지 않았던 내 체력은 금세 바닥을 드러내었다. 분명 딜런은 이사 가지 않고, 십 년 전 그 집에서 살고 있다고 했는데, 동네를 아무리 뒤져 봐도 딜런의 가족은 어디로 사라졌는지 흔적조차 보이지 않았다.

동네에도 소문이 다 퍼졌는지, 딜런 가족의 행방을 물을 때마다 마을 사람들의 반응은 하나같이 싸늘했다. 얘기를 꺼내자마자 인상을 쓰며 지나쳐 가는 정도는 예사였다. 어느새 주변 사람들에게 더 이상 묻지도 못하는 지경이 되었고, 나는 딜런을 찾지 못했다. 조금만 더 빨리 올 걸.

온몸에 힘이 빠진 채로, 노을이 질 때가 되어서야 나는 놀이터로 돌아왔다. 터덜터덜 놀이터를 걷자니 다시금 어렸을 때가 생각나 눈물이 왈칵 쏟아졌다. 어릴 때의 딜런은 누구보다 행복했었는데. 인터넷과 뉴스, 신문으로 접한 딜런은 더 이상 행복해 보이지 않았고, 이제는 꼭 전해 주고 싶었던 편지조차 전해 주지 못하게 되었다.

사건의 가해자 중 유일한 생존자인 딜런과 그의 가족에겐 주변 사람들뿐만 아니라 온 세상이 등을 돌렸다. 어떻게 알아낸 건지 모를 전화번호로 하루에만 연락이 수십 통이 왔고, 어떻게 알아냈는지 모를 집주소로 집까지 찾아오기도 한다는 이야기를 들었다. 아마 사람들을 피해 몰래 이사를 간 것이겠지.

나는 원래 캡슐이 묻혀 있던 곳을 파헤쳤다. 캡슐을 모래 안에 묻자니, 다시는 꺼내 볼 일이 없을 것 같아 또 눈시울이 붉어졌다. 딜런에게 편지를 받는 날이 또 올 수 있을지는 모르겠지만 언제든지 딜런이 찾아낼 수 있도록 집에 들고 가고 싶은 마음을 억누른 채,

나는 그대로 캡슐을 묻었다.

6
"안녕, 딜런."
"오랜만이야, 애쉬."

학교를 쉰 지 1년, 나는 어느덧 18살을 보내고 있었다. 아직 사람들 앞에 서는 건 어렵겠지만 1년 동안 치료를 받으며 많이 나아졌고, 자연스레 가족들도 원래 모습을 되찾고 있었다. 엄마는 다시 일을 하기 위해 준비했고, 형은 다시 자취를 할 준비를 했고, 부모님의 사이도 다시 좋아졌다.

이사 온 곳은 원래 살던 집과 멀지 않음에도 불구하고 주변이 온통 산인 외진 곳이었다. 도시에서 생활하던 우리 가족은 이곳의 생활에 적응하는 데 꽤나 애를 먹었지만 우리 가족은 이곳에서 활기를 되찾을 수 있었다.

특히 오늘은 나에게 있어서 매우 중요한 날이다. 내가 태어났을 때부터 쭉 살아온 곳. 그곳으로 돌아가려 한다. 아직 이사를 가는 건 아니지만 내가 얼른 가 보고 싶다며 이제는 다 나아서 괜찮다고 졸라댄 덕에 오늘 하루 동안 혼자 다녀오기로 했다.

나는 우리 집이 보고 싶다는 핑계로 외출을 허락받았지만, 발걸음은 자연스럽게 놀이터로 향했다. 아직도 캡슐이 잘 묻혀 있을지는 의문이지만 꼭 캡슐이 아니더라도 놀이터는 한 번쯤 다시 와보고 싶었다.

1년이 지났지만 모습은 그대로였다. 매일 걸었던 하굣길의 느낌, 항상 같은 시간에 이 근처를 서성이던 검은색 고양이, 이맘때쯤 피는 꽃과 나무, 그리고 놀이터까지. 놀이터가 내 시야에 보이자 나는 망설일 것도 없이 달려가 모래사장 앞에 섰다. 그렇게나 기다리던 일인데도 만약 모래 안에 캡슐이 없을까 봐 망설여졌다. 몇 분을 그렇게 더 서있다 드디어 모래를 파기 시작했다.

1년이 지났지만 캡슐이 어디쯤에 묻혀 있는지는 금방 알아낼 수 있었다. 어렸을 때부터 했던 행동이라 자연스럽게 몸이 기억하고 있었다. 모래를 파고, 또 파내었다. 시간이 지나 모래가 많이 쌓인 듯 했다. 불안한 마음도 잠시, 모래를 팔수록 왠지 모르게 이 안에 캡슐이 있을 것만 같은 이상한 확신이 들었다. 마침내 모래 알갱이들 사이로 뿌옇게 바랜 캡슐의 끄트머리가 보이기 시작했고, 나는 입가에 절로 미소가 걸렸다. 아직 무사히 있었구나.

나는 다급한 손길로 캡슐을 빼내었다. 집으로 갈 것도 없이 그 자리에서 바로 뚜껑을 열었다. 장난감 자동차도, 머리 방울도, 편지들도, 사진도 모두 그대로여서 나는 왠지 모르게 안심되었다. 마지막으로 봤던 것들이 다 안전하게 있는 것을 확인하고 났을 때 나는 문득 내가 써서 넣었던 편지 대신 다른 편지가 캡슐 안에 자리 잡고 있다는 사실을 알아차렸다.

누군가가 캡슐을 찾은 걸까? 나는 떨리는 손으로 편지를 들어 올렸다. 내가 쓴 종이와 같은 흰 색이었지만 공책을 찢어 휘갈긴 것과 다르게 예쁜 편지지가 반듯하게 접힌 채 놓여 있었다.

나는 편지를 펼치자마자 심장이 멈추는 것 같은 느낌이 들었다. 눈에서 눈물이 후두둑 떨어지는 것도 모를 정도로 멍해졌다.

그때 한적하던 놀이터 모래사장에 다른 발자국이 찍히는 소리가 들렸고,

나는 그대로 돌아봤다.

"……딜런? 딜런이야?"

"……응, 애쉬. 오랜만이야."

에필로그

———

　책 속에서 딜런은 오랜 옛 친구에게 사실을 털어 놓는 것만
으로도 큰 위안과 용기를 얻게 된다.

　나에게 미래의 막막함, 앞으로의 방향에 있어서 부모님과의
의견 차이로 인해 힘들어하던 친구가 있었다. 매일같이 부정적
인 말을 뱉었고 우울한 생각은 꼬리에 꼬리를 물어 결국 되돌
릴 수 없는 끔찍한 일까지 도달했다. 그런 친구를 옆에서 바라
보며 간간히 위로의 말을 건네는 것밖에 할 수 없었던 것이 가
장 후회가 된다.

　지금도 수많은 친구들이 가족, 친구 관계, 경제적 어려움 등
다양한 이유로 심리적 고통을 안고 살아가고 있다. 친구들이
이 책의 딜런처럼 슬픔을 이겨 내고 밝은 모습으로 당당히 설
수 있기를 바란다.

GOODBYE, MARYGOLD

조수빈

작가 소개

안녕하세요. 저는 대구 수성구에서 살고 있는 조수빈입니다. 저는 커서 유치원 선생님이 되는 게 꿈이고, 나중에 55살이 넘어가면 해변가나 섬에 작은 유치원을 설립하고, 해녀원장님으로 해녀활동도 하고, 아이들을 올바른 길로 가게 해주는 선생님이 되고 싶습니다.

- 2002년 5월 6일 대구에서 출생.
- 2005년 대구광역시 수성구 리오바어린이집 졸업.
- 2008년 대구광역시 달서구 상지유치원 졸업.
- 2009년 대구광역시 달서구 내당초등학교 입학.
- 2009년 9월 대구광역시 수성구로 이사.
- 2009년 9월 대구광역시 수성구 범일초등학교 전학.
- 2014년 대구광역시 수성구 범일초등학교 졸업.
- 2017년 대구광역시 수성구 범물중학교 졸업.
- 2018년 대구광역시 수성구 수성고등학교 입학.

ABOUT BOOK

INTRO

OUTRO

Intro

   '찬란히 빛났지만 아름답지는 못한 나의 열일곱. 비록 극단적인 선택을 했지만, 이는 쉽게 생각한 것이 아님을 알아줬으면. 비록 먼저 떠났지만 나 같은 고민을 하는 또래들은 많다는 것을 많은 사람이 알았으면 좋겠다. 사춘기라고 단정짓기엔 우리가 이겨 낼 아픔의 정도가 깊다. 나, 황매리는 항상 혼자 힘들고, 아프고, 외로웠기에 가는 길도 혼자다.'

   "매리야. 선생님이 정말 미안하고, 보고 싶다. 다시 와서 너의 속마음을 이야기해 줄래?"

1
GOOD BYE,
MARYGOLD

황매리. 저 주황색 이동식 침대에 누워 흰색 천을 머리 끝까지 덮고 차에
타고 있는 저 아이의 이름은 황매리이다. 매리는 내가 유치원 선생님을 할
시절의 한 아이였다. 어렸을 때부터 친구들 사이에서 인기가 많았고, 양보를
할 줄 알았다 그리고 다른 아이들처럼 싫은 일에는 싫은 티를 냈지만, 그래
도 줄곧 웃으며 잘 해결해 나가며 선생님들의 사랑을 차지한 아이였다. 매
리의 6살엔 보조 선생님, 7살에는 담임 선생님으로 만났고, 2008년, 훗날에
다시 만나기를 기약하며 매리는 유치원을 졸업했다. 우연히도 내가 2010년
에 이사한 아파트 옆집에 매리가 살았다.

매리의 어머님은 혼자 사는 나를 위해 김치전이나 소고기 국 등 반찬들
을 많이 주시곤 했다. 그런 때마다 너무 감사드린다고 말은 했기만 월세도
겨우겨우 내고 있는 입장이라 큰 선물을 드리지 못해서 죄송하다고 말할 때

면, 어머님은 말했다.

"에이! 제가 뭘 바라고 하나요? 제가 좋아서 하는 거지. 나중에 우리 매리에게 더 큰 선물을 주세요."

"감사합니다! 어머님!"

"그래요. 저는 이제 매리아빠 저녁 차리러 가 볼게요~ 그릇은 천천히 가져다 주세요!"

"넵!!"

그때 매리 어머님을 보면서 '나도 저런 엄마가 되어야지'라고 항상 생각했던 것 같다. 그렇게 이웃으로 화목하게 지내다 2년 뒤 내가 심리상담사로 이직을 하게 되면서 이사를 가게 되었다.

"매리야, 안녕~ 선생님 번호 입력했지? 고민 생기면 전화하고 나중에 커서 학교 생활 힘들거나 우리 매리 이야기 들어 줄 어른이 필요하면 언제든지 선생님 회사 찾아와요! 알겠죠?!"

"네! 나중에 혼자 버스 1시간 탈 수 있을 때 매리가 선생님 꼭 찾아갈게요! 그러면 그때 치킨 사줘요!"라고 말했던 매리가 기억에 난다. 매리 옆에 서있던 어머님과 아버님도,

"우리 매리, 홍초 선생님 많이 좋아한 거 아시죠?! 다음에 김치전 구워서 회사 찾아뵐게요. 감사했어요!"라고 하시며 내 손을 따뜻하게 잡아주던 어머님과 "아휴, 쌤 가시게 나줘라. 뭐하는 거야!"라며 어머님께 투덜대시는 아버님을 뒤로하고 나는 이사를 갔다.

2
매리골드와
매리

"학교 다녀왔습니다."

"어, 매리 왔니? 엄마가 사과 잘라 줄까?"
"아니, 안 먹을래."

'쾅' 하고 방문을 닫았다. 드디어 학교 끝이다! 나는 집에 오자마자 침대에 몸을 던졌다.

"아~~~~ 아직 화요일이라니~~~~"

누워서 고개를 돌리면 보이는 학교, 바로 새봄고등학교이다. 벚꽃이 이쁘다고 유명한 학교. 꽃을 좋아하기 때문에 벚꽃 하나 보고 학교에 지원했고 2개월 전에 입학했다. 얼마 전만 해도 벚꽃이 흐드러지게 펴서 보기 참이뻤는데 이젠 벚꽃도 지고 초록 잎이 푸릇푸릇나기 시작해 그렇게 이뻐 보이지는 않다. 나는 항상 학교에서 돌아오면 무기력해진다. 특히 주말이 되면 더 무기력해지는 것 같다. 집에 와이파이가 없어서 그런가,.. 아, 참! 우리 집에는 와이파이가 없다. 전에 살던 집에는 있었는데 유치원 선생님이 이사 가고, 내가 중학교를 입학할 때 이사를 하며 엄마가 와이파이를 버리고 왔다고 한다. 그러니 폰은 못하고 시간 날 때마다 컴퓨터를 켜서 유튜브를 본다. 하아 오늘은 컴퓨터 켜는 것조차 지치는 날이다. 아직 5시밖에 안 됐는데 잠이 쏟아진다. '얼른 씻고 낮잠 자야지~' 나만의 소확행(소소하지만 확실한 행복)은 샤워하고 개운한 몸으로 햇살에 빼짝 말려서 탈 것 같은 편한 옷을 입고 창문을 활짝 열어 솔솔 불어오는 바람을 맞이하며 햇살과 함께 낮잠을 자는 거다.

얼른 샤워를 하고 "이제 슬슬 잠을 자볼까~" 하면 찾아오는 "매리야~! 숙제는 다했니?! 지금 자서 언제 일어나려고! 빨리 일어나." 하고 깨우는 엄마의 잔소리. 정말 진절머리가 난다.

"하아아아! 다했어! 잠 와. 잘 거야."
"어디다 한숨을 쉬어!! 숙제 꺼내 봐. 다했는지 보자. 덜 했네!! 일어나 숙제해. 빨리!!"

이럴 때마다 너무 화가 치밀어 오르지만 이를 뿌득뿌득 갈며 저항도 못한 채 숙제를 편다. 나는 겁이 많은 것 같다. 선생님들께 혼날 건 별로 생각 안 하는데 엄마한테 혼나는 건 17살 먹어도 무섭다. 엄마가 나가면 화로 물들여진 눈물을 뚜두둑 떨어트린다. 항상 엄마, 아빠한테 혼나면 눈물이 난다. 내 의지에 상관없이 그저 눈물이 난다. 그럴 때마다 아빠는 "눈물 흘리지 마. 뚝 그쳐. 우는 이유가 뭐야!"라고 더 혼내신다. 나도 울고 싶어서 그런 게 아닌데. 그렇게 울분으로 가득 찬 2시간이 지나고 7시에 나는 학원을 가기 위해 집을 나선다. 엄마는 밥 먹고 가라고 하지만 집에서는 뭔가 밥을 먹고 싶지 않다. 매일 먹는 반찬에 맛없이 보랏빛 도는 콩밥. 지긋지긋하기 때문에 배 안 고프다며 집을 나선다.

"오늘은 뭐 마시지~"
저녁 대용으로 음료수를 마시기 위해 겨울겨울에 갔다. 고구마라떼를 시키고 기다리기 위해 잠시 자리에 앉았는데
"어?! 매리 아니니?? 사피아나반 유홍초 선생님이야!!"

내 유치원 선생님이 계셨다. 내가 정말로 좋아했던 선생님이었고, 지금까지 만나 본 선생님들 중 최고의 선생님이셨다. 그리고 이사 오기 전 아파트에서 2년간 이웃사촌으로 밥도 많이 먹고, 숙제도 도와주신 선생님이셨다.

"어? 홍초 쌤! 저 기억하세요? 보고싶었어요. 얼마 전에 휴대폰 바꾸다가 전화번호가 날라가서 슬펐는데……"

"당연히 기억하지! 우리 매리. 쌤 명함 여기. 이거 보고 쌤 회사에도 놀러오고 캐톡도 해! 쌤은 바빠서 이만 가 볼게~"

"아메리카노 시키신 분~"

"아, 여기요. 감사합니다. 매리야, 연락해~"

"네~ 조심히 들어가세요~!"

예상치 못한 곳에서 예상치 못한 그리운 사람을 만나니 너무 기분이 좋아서 학원을 가도 집중을 하지 못하고 마치자마자 뛰어서 집에 갔다.

3
노란색
매리골드

"홍초 쌤~ 내일 4시에 상담 예약 잡혔어요~!"

"아, 유채 씨 고마워요~ 퇴근하셔도 되요. 제가 뒷정리하고 문 잠글게요!"

"아 그래 주면 감사합니다! 히히 벌써 10시예요! 얼른 정리하시고 일찍 들어가세요~. 아, 밥도 저번처럼 거르지 마시구요!!"

"아휴, 잔소리 잔소리!! 알겠어요. 얼른 가세요! 남자친구가 기다리겠어요! 자동차 라이트가 10분 전부터 깜박거리네요. ㅎㅎ"

"앗. 안녕히 계세요 ㅎㅎ"

유채 씨가 퇴근하고 나서야 드디어 나만의 공간이 만들어졌다. 폰으로 내가 좋아하는 가수의 노래를 틀고 짐을 정리하고 있는 와중에 "캐톡! 캐톡!!" 노란 아이콘 위에 빨간 아이콘이 밀려 쌓인다. 확인해 보니 보이는 이름. '황매리' 매리가 카톡이 왔다.

: 쌤! 저 매리예요!

: 아, 매리야. 안녕~ 너무 오랜만이다!

: 네 ㅎㅎ. 저 벌써 고등학교 1학년이에요. 대박이죠!

: 와~ 시간 정말 빠르다. 친구들 손잡고 놀이터 뛰어다니던 게 엊그제 같은데 벌써 17살이구나. 요새 뭐 고민 같은 건 없어?

: 그죠 ㅎㅎ 그때로 돌아가고 싶어요ㅜㅜ
항상 뭐든지 행복했었는데

'그래서 고민이 있다는 건가? 말하기 싫은 것인가?' 분명 고민은 있는 것처럼 말하는데 왠지 말하기를 꺼려하는 것처럼 느껴졌다. 우선 만나서 얘기를 하다 보면 말하지 않을까 싶어서 약속을 정했다.

: 아이구~~ 시간 언제 돼? 선생님이랑 밥 한 번 먹을까?

: 헐 좋아요!! 음 전 학원 때문에 일요일 저녁쯤이 제일 나을 것 같은데

선생님은요?

: 어어 선생님도 그때면 상담실 끝나서 괜찮아. 선생님이 지금 차 운전해야 해서 카톡 못하겠다. 토요일에 다시 연락할게~~

: 네넵. 안전 운전하세요~!!
"하아아~ 서브웨이 가서 샌드위치 사서 집 가야겠다. 다이어트는 내일부터! 오늘도 수고한 날 위해 샌드위치 정도는 괜찮아! 홍초 화이팅!"

"황매리! 벌써 1시다. 컴퓨터 꺼! 네가 거실 불 켜서 엄마가 잠을 못 자겠다! 휴."
"아, 이제 끌려고 했어! 그러면 와이파이 좀 만들어 주던가! 언제까지 컴퓨터로 캐톡해야 돼냐고!"

컴퓨터를 끄고 거실에 불을 끄고 내 방으로 들어왔다. 숙제는 쌓여 있지만 귀찮고 잠이 오니깐 PASS~~. 불을 끄고 침대에 누워 스르륵 잠들었다.

4
매리골드, 반드시
오고 말아야 할 행복

"캐톡! 캐톡!"

2018. 5. 22. 금

: 매리야? 뭐해? 학원이야?

: 네! 근데 쉬는 시간이에요!
: 음, 그럼 전화걸까? 쌤이 전화걸게. 번호 좀 알려 줘

: 제가 문자 넣을게요!

: 그래^^

"여보세요?"
"어~ 매리야, 선생님이야. 언제 수업 시작해?"
"10분 뒤에요! 시간 많아요!"
"아, 다행이다. 내일 6시 어때?"
"좋아요!"
"그럼 6시까지 겨울겨울 앞에서 보자. 먹고 싶은 거 있어?"
"넵! 음…… 저 아무거나 잘 먹어요!"
"이 세상에 그 말이 제일 어려운 거야! 그럼, 토요일까지 생각해서 와!"
"넵!"
"하아아. 빨리 자야 하는데."
지금은 23일 토요일 새벽 1시 28분. 오늘 학원도 갔다가 선생님이랑 밥 먹으러 가야 하는데 선생님이랑 오랜만에 밥을 먹기로 해서 그런지 설레서 잠을 설쳤다. 벌써 누워서 50분 정도 지났는데 잠이 오지 않는다. 양 한 마리…… 양 두 마리…… 양 세 마리…….

"황매리! 일어나! 벌써 2시야! 3시에 학원 이라매!"

와. 나 어떡해. 학원까지 가는 데 30분. 나 씻고 화장하는 데 1시간. 나 강 X됐다.

"아아아아 엄마! 왜 지금 깨워! 하아아………"
"왜 나한테 난리야! 알람 소리를 니가 들어야지!"

우선 머리만 감자. 머리를 감고 말리면서 시간을 보니 벌써 2시 20분. 자, 할 수 있다. 이제 고데기하고, 화장하면 3시 각! 하하. 학원 선생님한테 미리 말씀드려야겠다. 흐허어어.
3시 30분. 학원 도착. 벌써 힘 빠지는 거 같다.
"홍초 쌤!"
"어~ 매리야! 학원 갔다 왔어?"
"넵! 히히."
"어이구, 배고프겠다. 빨리 밥 먹으러 가자! 뭐 먹을까?"
"음…… 저 아무거나 진짜 괜찮아요!"
"그럼~ 스파게티 먹으러 갈까?"
"오! 좋아요!"
"여기요~ 저희 토마토스파게티랑 불고기 필라프, 고르곤졸라 하나랑 포크 스테이크 하나 주세요!"
"네, 알겠습니다~ 10분 정도 소요됩니다~~"
"감사합니다~ 아이고 요즘 매리는 뭐 고민 같은 거 없어? 매리 또래 친구들 선생님한테 많이 오던데."
"음~~. ㅎㅎㅎ"
"왜~ 뭔데~~"
"음.ㅎㅎ 그냥 집에 있는 게 너무 싫어요. 너무 어린 애 같죠."
"에이~ 아니야! 선생님 일하는 센터에도 매리 같은 고민 가진 친구들

많아!"

"아, 진짜요?"

"당연하지! 매리는 왜 집에 있는 게 싫어? 어머님이 잔소리 하셔?"

"그런 것도 없지 않아 있지만 뭐 그냥 사춘기여서 그런가 봐요! 신경 안 쓰셔도 돼요! 헤헤. 괜히 우울해지는 이야기만 했네요. 아 선생님은 어쩌다가 심리상담사? 되셨어요?"

"음 선생님은 유치원 선생님 하면서 정말 행복하고 재밌었지만, 계속 일하다 보니 이제는 마냥 어리고 솔직한 유치원생 아이들보다 비밀이 많고, 마음속 상처가 많은 청소년들의 마음을 알고 싶고, 상담도 하고 싶었어. 지금은 대학원 다니면서 청소년 심리 논문도 쓰고 있······!"

"와.대박. 진짜 대단해."

"에이! 매리는 나중에 선생님 나이 되면 더 대단한 일 많이 할 걸? 그럼 매리는 꿈이 뭔데?"

"저는 유치원 선생님이요! 선생님께서도 많은 영향을 주셨고 유치원 때 행복한 기억들이 너무 많아서 유치원 선생님이 되고 싶어요!"

이때 주문한 음식들이 나왔다.

"일단 먹자! 맛있게 먹어 매리야~"

"잘 먹겠습니다! ㅎㅎ"

그렇게 밥을 먹고 나니 벌써 시간이 8시가 넘었다. 밥 먹고 카페도 가기로 선생님과 약속했지만 시간이 늦어서 집에 가야만 했다.

"어, 매리야. 벌써 8시네. 카페는 다음에 가야겠다."

"앗! 넵! 잘 먹었습니다!!"

"그래그래! 집 데려다 줄게. 차 타."

"오~ 쌤~~ 멋지다~~!! 근데 걸어서 얼마 안 걸려요! 괜찮아요. 헤헤, 감사합니다!!"

♬ 키 큰 전봇대 조명 아래나 혼자 집에 돌아가는 길 가기 싫다 쓸쓸한 대사 한 마디 ♬

집 가는 길에 듣는 노래 리스트
○ 싫은 날 - 아이유
○ 미운 오리 - 아이유
○ someday - 아이유
○ 나의 사춘기에게 - 볼빨간 사춘기

유명한 노래도 있고, 아는 사람만 아는 노래들도 있다. 오늘은 집 가면서 '싫은 날'이라는 노래를 들으며 집에 갔다. 5월의 저녁은 선선하고 따스한 바람이 불며 얇은 긴팔이 하늘하늘 흔들리는 포근한 저녁이다. 노래를 들으며 흥얼거리다 벌써 도착한 집 앞.

"아~~ 집 들어가기 싫다~~"

오늘 매리를 만났다. 만나서 요즘 사는 이야기를 했다. 매리도 역시 또래들과 비슷한 고민을 가지고 있는 거 같다. 매리는 힘들어도 꾹 참는 성격인 것 같다. 분명 자기 속에서는 힘들고, 괴로워도 주변 사람들에게 피해가 가진 않을까, 신경 쓰이게 하진 않을까 생각해서 쉽게 말하지 않는 거 같다. 그렇게 긴 시간은 아니었지만 밥 먹으면서 느낀 나의 생각이다. 이런 아이들의 마음 열기란 아주 쉬우면서도 아주 어렵다. 먼저 다가가서 마음의 문을 열고 들어가는 쉬운 방법이 있지만, 이때 아이들이 부담감을 느낀다면 그 순간 나는 또 다른 경계 대상자가 되는 길이다. 그리고 한 번의 말 실수로 살짝 밀면 열리는 나무문에서 보통의 힘으로는 열 수 없는 철문을 만들 수도 있다. 지금 매리의 문은 조금 힘을 주어 밀어야 열리는 억센 나무문이다. 나는 이 억센 나무문을 열고, 그 속의 이야기를 함께 풀어 보려고 한다.

5
매리골드의
억센 나무문

5월 23일 11시 30분

: 매리야, 자?

: 아니요! 오늘 완전 재밌었어요!

: 선생님도! ㅎㅎ 매리야. 다름이 아니라 센터에서 이번에 새롭게 프로젝트를 하는데 매리가 도와줄 수 있을까? 프로젝트라기보다는 그냥 일지 대회? 같은 개념인데 그냥 2주일에 한 번씩 선생님만나서 고민 상담하는 거야.

: 오! 좋아요!

: 좋아해서 다행이다. 매리 고민을 상담한 내용을 일지로 작성해서 3달 분을 묶어서 제출하기만 하면 돼. 나름 장기프로젝트라서 예산도 나와서 만날 때마다 맛있는 거 먹을 수도 있어! 어때? 괜찮지?

: 네네! 재미있을 거 같아용 ㅎㅎ *^-^*

첫 상담은 언제 해요?

: 그건 매리가 하고 싶은 날? 아니면 오늘처럼 토요일 저녁에 할까? 2주에 한 번씩

: 넵, 좋아요! 그럼 다다음주에 다시 보는 거죠?

: 응. 그럼 다다음주 토요일에 서브웨이에서 만날까?
이번에 새로 입점한다던데.

: 헐 ㅠㅠㅠ 진짜 좋아요 ㅠㅠㅠ
저 서브웨이 진짜 완전 좋아하거든요 ㅠㅠㅠㅠㅠ

: 그래ㅋㅋ 그럼 6월 6일 6시에 보자. 일 생기면 전화해^^

: 넵~! 안녕히 주무세요!
나는 매리를 알아가기 위해 나 혼자만의 프로젝트를 만들었다. '황매리 마음 열기 프로젝트'. 굳이 이렇게까지 해야 하나 싶지만, 매리는 친동생, 조카 같은 기분이 들어서 꼭 챙겨주고 싶다.

2주가 흘러 6월 6일 토요일.
5시 50분 서브웨이 앞에서 나는 오늘 학교 생활이 어떤지, 요즘 최대의 관심사가 무엇인지에 질문할 것이다. 내가 질문지를 보던 중 매리가 도착했다. 우리 둘은 서브웨이에 들어가서 샌드위치를 사서 공원에 갔다. 먹으면서 상담을 시작했고, 나는 매리에게 동의를 얻고 녹음기로 상담 내용을 녹음하기 위해 녹음기를 켰다.

일지

내담자	황매리		소속	새봄고등학교 1학년 1반		
상담자	유홍초	상담 일시	6/6		회차	1회

<u>의뢰 동기</u>
청소년 심리상담에 대한 논문 작성과 일지 프로젝트

<u>상담 목표</u>
내담자의 마음 열기

<u>상담 내용</u>
1. 학교 생활은 어떠한가?
- 무난하다. 4명의 친구들과 친하게 지내며 생활함.
  활발한 성격 탓에 본인을 별로 안 좋아하는 학생들에 대해 알고 있고,
  학교에서 돌아다니는 헛소문이 들려도 별로 신경 쓰지 않는다고 함.

2. 요즘 최대의 관심사는?
- 연예인. 하루하루 연예인 덕질하는 맛에 살고 있음. 집에서 돌아오
  면 컴퓨터로 트위터에 들어가 하루 종일 연예인 영상을 보고, 노
  래 듣고, 춤을 따라하면서 시간을 보냄.

<u>상담자의 개입 및 평가</u>
1. 학교 생활은 어떠한가?
- 우선 쉽게 입을 떼지 못함. 본인을 싫어한다는 친구를 안다는 건
  학교에서 마주치면 불편한 마음이 들 것인데 그 시선을 이겨 낸다
  는 것이 힘들고 많은 노력이 필요하다고 판단됨. 헛소문이 들려도
  신경 쓰지 않는다고 웃으며 이야기할 때 웃음이 진정성이 있어 보
  이지 않았음. 오늘 처음 상담을 실시하였는데 아직은 상담자를 어
  색해하는 경향이 있고, 마음의 문을 완전히 열지는 않았지만, 속
  마음을 열려고 하는 것 같음.

"상담에 응해 주셔서 감사합니다~ 황매리양~ ㅎㅎ"

"아이고~ 아닙니다~! 그럼 이제 2주 뒤에 보는 건가요?"

"응응, 2주 뒤니깐… 6월 20일에 보면 되겠다. 아, 선생님이 그날 저녁에 상담이 미리 잡혀 있어서 그런데 점심시간 가능해?"

"아, 네! 수학 가기는 하는데 다른 날로 바꾸면 돼요!"

"좋아! 그럼 그때 카페 가서 브런치나 샌드위치 먹으면서 이야기하자."

"넵! 그럼, 이제 가 보겠습니다!"

"잘 가~"

오늘은 첫 번째 상담날이었다. 선생님께서는 학교 생활과 관심사를 물어보셨다. 그 질문에 쉽게 답하지는 못했다. 요즘의 학교생활이라…… 나는 학교를 가는 게 겁이 난다. 음, 겁이 난다는 것보다 그냥 가면 기가 빠지는 기분? 여기저기에서 나에 대한 소문이 떠돌아다닌다. 내가 들은 것 중 90%는 헛소문. 나머지 10%는 그냥 나의 인격에 대한 소문이 돌아다닌다. 헛소문을 들을 때마다 화가 날 때도 있고, 자존감이 떨어져서 한동안 우울할 때도 있다. 하지만 이를 털어놓은 사람이 없다. 부모님? 선생님? 친구들?……. 말해 봤자 나를 불쌍하게 여길 것이고, 나의 힘든 점은 내가 겪는 게 맞는 거 같다. 더 쉽게 말하자면 다른 사람에게 내 고민이나 내가 힘든 점을 말하면 그 사람마저 우울해지고, 내가 나약해 보이는 거 같아서 말하기 싫다. 그렇게 혼자 마음속에 꾹꾹 참고 있다가 한 번씩 터질 때면 모두가 자는 새벽에 소리없는 눈물을 미친 듯이 흘린다. 그 눈물 한 방울 한 방울이 나의 상처인 것처럼. 한 번은 학교에서 외부상담선생님과 1대 1로 상담을 한 적이 있다. 상담을 받으면 내 마음이 조금이라도 나아질까, 아니면 나를 싫어하는 사람들에 대한 해결책이 생길까 마지막 지푸라기를 잡는 마음으로 내 모든 이야기를 털어 놨다. 하지만 돌아오는 선생님의 대답은 "에이~ 다 사춘기여서 그래~ 시간이 지나면 나아질 거야 매리야." 이었다. 이 말은 나한테는 정말 힘든 일들을 사춘기라는 단어로 묶고 대수롭지 않은 듯 이야기하는 게 너무 화가 나 그 자리를 박차고 일어나고 싶었다. 나는 조금만 건드려도 쉽게 깨지는 유리멘탈을 가지고 있고, 상처도 그만큼 많이 받는다. 다른 사람은 아무렇지 않게 생각할 수도 있는 일을 나는 정말 힘들어한다. 그 때문일까. 나는 자살도 셀 수 없을 정도로 많이 생각하고, 유언장도 많이 써봤다. 그리고 꼭 나는 죽을 때 노란색 원피스를 입고 죽고 싶다는 생각을 했고, 아픔 없이 죽는 방법에 대해 항상 생각해 왔다.

학교 생활도 힘들고 기가 빠졌지만, 죽고 싶다는 생각을 들게 한 곳은 학교도 학원도 아닌 집이었다.

또 다시 2주가 흐른 6월 20일. 매리와 홍초 선생님은 분위기 있는 어느 한 카페에서 만났다.

"매리야~ 안녕!"
"안녕하세요!"

둘은 카페에 들어가 초여름의 따뜻한 바람이 불어오는 창가 자리에 앉았고, 홍초 선생님은 오늘도 녹음기를 켰다.
"오늘은 상담 2회차~! 자, 그럼 시작해 볼까?"
"넵"

홍초 선생님은 매리가 마음의 문을 더 열기를 기대하며 질문을 시작했다.

"매리는 고민이 생기면 어떻게 해? 부모님께 말씀드려? 아니면 친구?"

첫 번째 고민은 고민이 생겼을 때의 해결 방안이다.

"음…… 전 혼자 해결해요. 제 고민을 남에게 알려 주는 거를 별로 안 좋아하기도 하고, 그냥 혼자 계속 생각하다가 해결책을 찾는 게 낫다고 생각해요."라는 말을 들은 홍초 선생님은 매리가 너무 성숙하다는 생각을 했다.

"아. 그래도 혼자 품고 있으면 답답할 때나 고민의 해결이 안 될 때도 있지 않아?"

"해결이 안 되면 그건 그냥 저의 한계라고 생각해요. 그리고 고민이 해결이 안 되서 안 좋은 경향으로 가더라도 그것도 다 경험이고, 다음에 같은 실수를 안 하면 되죠. 뭐."

또래들과 다른 생각을 가졌다고 홍초 선생님은 생각했다. 자신의 아픔과 고민 등을 숨기는.

"음, 그렇구나. 그러면 주로 고민을 생각할 때 어디서 해? 매리의 마음이 안정이 되는 곳. 선생님은 집! 매리는?"

"저는…… 음……. 마음이 안정된다는 게 어떤 거죠……. 하하……어딜 가도 딱히 안정된다는 느낌을 못 받아서. 음…… 근데 어차피 저는 고민 생각할 때는 장소를 정해서 하는 것보다는 그냥 길 가면서 계속 생각해요. 밥 먹을 때 생각하고, 버스 기다리면서 생각하고, 급식 줄 서면서 생각해요."

라고 말하며 매리는 여러 가지 생각을 하였다. '마음의 안정이 어떤것일까?', '나도 마음의 안정을 하고 있음에도 내가 인식을 못하는 건가?' 등 매리는 마음의 안정이 되는 곳이 마땅히 없다는 점에 스스로가 한심하다고 생각했다.

"그렇구나. 그럼 스트레스가 생기면 어떻게 풀어?"

"스트레스는 좋아하는 노래를 들어요."

"오. 어떤 노래? 잔잔한 노래? 아니면 완전 락스프릿! 그런 노래?"

"음. 날마다 꽂히는 거 듣는 편인데, 거의 반 가르는 많이 들어요. 아이유 노래를 되게 좋아해요."

"오. 선생님 아이유 노래 추천 좀 해 줄래?"

"미운오리, 싫은 날, 이름에게. 이 세 곡이 되게 좋아요."

"음~ 꼭 들어볼게! 아, 그럼 그냥 노래만 들어?"

"어 노래 들으면서 바깥 구경 하거나, 바깥 공기 마시거나 숨을 크게 들이마시고 내쉬어요. 딱히 뭐 활동적인 행동은 안 해요."

"아하, 그렇구나."

이때 매리의 폰에서 벨소리가 울렸다.

'하 또 시작이네.'

매리는 얼굴을 찡그리며 수신 거부 버튼을 눌렀다.

"매리야. 전화 받아도 되는데?"

"아, 괜찮아요. 아빠예요."

여기서 홍초 선생님은 약간 이상한 점을 찾았다. 왜 아빠의 전화를 받지 않으며, 표정이 너무 찡그리는 점이 마음에 걸렸다.

"에이, 뭐야? 아버지랑 사이 안 좋아?"

"음. 네. 안 좋다고 봐야?"

매리는 이야기를 할까 말까 고민하다가 결국 이야기를 했다.

"그게. 아빠는 항상 말할 때 시비 투에 짜증이에요. 근데 문제는 그걸 아빠는 모른다는 점이에요. 아빠가 그렇게 말하면 저도 짜증내서 약간 짜증 투를 섞는 순간 말하는 꼬라지가 그게 뭐냐면서 화를 더 내요. 그러면서 잠시 자기 옆으로 와보라면서 마음에 안 드는 거 있으면 말을 하래요. 그때마다 그냥 웃기면서도 그 상황에서 한 마디도 못하는 제가 너무 화가 나고, 그거를 즐기는 것 같이 보이는 아빠가 보여서 그 자리를 박차고 집을 나가고 싶은 생각을 수도없이 해요. 그리고 제가 화가 나면 눈물이 제 의지와 다르게 흐르는 편인데 아빠는 그걸 보고 뭐라는 줄 알아요? ㅋㅋ. 질질 짜지 말래요. 내가 울고 싶어서 우는 것도 아닌데. 그리고 내가 울든 말든 왜 상관 쓰죠? 물론 제 의지로 나오는 눈물은 아니더라도, 내 몸이 눈물을 흘리겠다는데 왜 마음대로 명령하는 걸까요. 뭐든 다 자기 마음대로 되어야 성이 차는 건가. 내가 소유물인 건가 ㅋㅋ. 그리고 뭐 엄마랑 오빠랑 있어도 다 자기 말을 따라야 하는 것처럼 말하고 행동해요. 윽~ 가부장적. 약간 역지사지가 부족한 것 같아요. 특히 운전할 때. 앞에 차가 끼어들려고 할 때 그냥 뭐 바쁜 일이 있어서 빨리 가야겠구나 하면서 좀 양보하면 될 거지 자꾸 끼어들려고 한다고 화를 내고. 에휴~~ 뭐 이래요. 너무 TMT (Too Much Talker)였죠ㅋㅋ."

라고 말하며 눈빛은 곧 누구 한 명 죽일 듯한 살기가 보였다. 이에 홍초 선생님은 자신의 사춘기 시절이 생각났다.

"아ㅋㅋ 아버지가 그런 성격이시구나. 전에 이웃사촌일 때도 아버지랑은 말을 몇 마디 안 해 봐서 잘 몰랐는데. 매리 이야기 들으니깐 선생님 어렸을 때가 생각난다."

"쌤 어리셨을 때요?"

"응응. 선생님이 매리 나이일 때. 사춘기 시절. 그때 선생님도 아빠가 그렇게 싫을 수가 없더라. 근데 뭐 시간이 점차 지나면서 나아진 것 같았어."

이 말을 듣자마자 매리는 전에 외부 상담자 선생님이 하셨던 말이 생각나서 표정이 굳고, 극도로 어두워졌다. 매리는 어른들은 다 똑같다는 생각이 들면서도 홍초 선생님은 다를 거라는 마지막 희망을 가지고 한 번 더 여쭈어봤다.

"아. ㅋ 사춘기 시절이요? 혹시 저도 다 사춘기 때문에 이런 거라고 생각하셔요? 고작 사춘기 때문에 별일 아닌 거 가지고 힘든 거라고 생각하셔요?"

라며 매리는 얼굴이 빨개진 채 질문했다. 홍초 선생님은 그런 매리의 모습에 놀라서,

"어… 아니 그게 아니고, 선생님은 그랬었다는 거지. 그리고 원래 사춘기 때 예민해져서⋯⋯."

사춘기 때 예민해진다는 말을 듣고 매리는 더 이상 듣다간 화를 못 참을 거 같아서 나가기를 결심했다.

"저 죄송한데 먼저 가야 될 것 같아요. 아빠가 전화 안 받았다고 또 지랄을 하실 것 같아요. 별일도 아닌 제 이야기 들어주셔서 감사합니다. 선생님."
라고 홍초 선생님이 하는 말을 자르고, 짐을 챙기고 꾸벅 인사를 하고 나가는 매리다.

"어? 매리야 잠시만. 매리야!"
홍초 선생님은 자리를 박차고 나가는 매리의 뒷모습을 보고 이름을 외쳤지만, 아이에게 상처를 준 것 같은 생각에 쉽사리 따라서 나가지는 못했다.

내담자	황매리		소속	새봄고등학교 1학년 1반		
상담자	유홍초	상담일시	6/20		회차	2회

<u>의뢰 동기</u>
청소년 심리상담에 대한 논문 작성과 일지 프로젝트

<u>상담 목표</u>
내담자의 마음 열기 2

1. 고민이 생기면 누구에게 털어 놓는가?
   고민이 있어도 거의 혼자 해결함.

2. 심리적 안정이 되는 곳
   딱히 정해진 곳은 없음.

3. 스트레스를 푸는 방법
   노래를 자주 들음

상담자의 개입 및 평가
오늘은 상담을 하던 도중 사춘기라는 말을 듣고 표정이 어두워
짐이 보였고, 이후 자리를 이탈함. 아버지를 싫어하는 듯한 행동
이 보였음.

6
아름답게 피지 못하고,
떨어진 슬픔의 매리골드

매리가 카페에서 나와서 화나면 흐르는 뜨거운 눈물을 흘리며, 발길이
닿는 어디든지로 걸어갔다. -뚜루루루 뚜루루루- 이때 매리폰에 벨소리가
울렸다. 화면 창에 뜨는 이름 '아빠'. "하… 시이발." 매리는 나지막이 욕을
하고 전화를 받았다.

"여보세요."

매리는 화를 참으면서, 일단 전화를 받았다.

"어디야! 왜 전화를 제때제때 안 받아?! 또 무음으로 해놨지?"
"어."
"너 말 똑바로 안 해? 아빠가 말하는데 그렇게 건성건성하게 답하는 게
뭐야! 아빠가 요새 봐주니깐 막 나가는 거야? 아빠 지금 집 가는 길이니깐
너 집 도착ㅎ……"
-뚝.-

매리는 이제 더는 화를 참을 수 없어서 전화를 끊어 버렸다. 그리고 집
으로 뛰어갔다.
집에 도착한 매리는 곧장 자신의 방으로 들어갔다.

"후. 우선 한숨 자고 일어나자. 머리도 너무 아프고. 휴."

라며 옷장을 여니 보이는 샛노란색 원피스. 그게 오늘따라 너무 이쁘게
보이는 매리다. 매리는

"오늘인가."
라고 작은 목소리로 중얼거리며 옷을 꺼내 입었다. 그리고 다시 집을 나
가 옥상으로 향했다.

-띵-

매리는 폰에 동영상을 켰다.
"안녕. 이게 마지막 모습이겠지? 하. 또 이렇게 위에 올라오니깐 막상 떨

리네. 겁이 많아서 내가 뛰어내릴 수 있을지는 잘 모르겠네. 다들 잘 살아. 엄마, 아빠, 오빠, 내 학교 친구들, 그리고 홍초 쌤. 우리 엄마, 아빠 내가 죽은 거에 매여서 살지는 않았으면 좋겠어. 그냥 나 죽으면 조금만 슬퍼하고, 원래대로 살아가. 뭐 우리 가족 다들 그랬잖아? 서로에게 많은 관심 없이 다들 자기의 삶에만 집중한 채. 나도 그게 더 나았던 거 같기도 하다. 에휴 죽을 사람이 이렇게 말이 많네 ㅋㅋ. 쨌든 우리 엄마 아빠 잘 살아. 근데 아빠말 개띠껍게 하지 마. 그것 때문에 상처받는 사람은 나 하나로 충분했으면 좋겠다. 혹시 아빠 말 때문에 상처받는 사람이 없었다고 생각하는 건 아니겠지?. 앞으로 잘해. 엄마한테. 오빠한테도. 우리 오빠는 뭐 공부도 잘하니깐 내 몫까지 더더 잘 살아서 엄마 아빠 호강시켜줘. 엄마 아빠 결혼 30주년 때 내가 리마인딩 웨딩 해주기로 했는데 미안. 내 통장에 돈 있지? 그걸로 30주년 때 해외여행 갔다 와. 통장 비밀번호는 0506. 아휴, 이제 갈게. 아, 홍초 쌤. 홍초 쌤께는 고마워요. 그래도 제 마음을 털어 놓을 수 있어서 좋긴 했어요. 근데, 우리 또래들의 고민과 상처를 사춘기라고 대수롭지 않게 생각 안 해 주셨으면 좋겠어요. 그래도 감사했어요. 자, 이제 마무리할게요. 이거는 혹시 가능하면 학교에 보내 줄래요? 그냥 모두에게 말해 주고 싶어서요.

안녕? 난 황매리이라고 해. 날 아는 사람도 있고 모르는 사람도 있겠다. 내가 아는 애들도 몇 없겠지? 이걸 보고 찔리는 사람 있어? 너희 말 제대로 해. 나는 너희랑 말도 섞어 본 적 없고 인사도 해본 적 없는데 너희는 대체 뭘 보고 나에 대한 소문을 말하고 다니는지는 모르겠다. 복도에서 쳐다보고 손가락질하는 거 모르는 줄 알았니? 다 알고 있는데 가만히 있었던 거야. 너희 같은 애들의 ㅈ 같은 행동에 반응하면 좀 꿀리잖아?ㅋㅋ. 자 그니깐 너희 이제부터라도 제대로 살아. 나 하나로 끝냈으면 좋겠다. 2반, 6반, 10반에 있는 핵심 인물들아. 잘 살아라. 덕분에 아주 꽃 같은 학교 생활 마무리하네. 너흰 매인을 사직하면서 살아. 안녕.

엄마, 아빠, 오빠 다 안녕. 이렇게 먼저 가서 미안해. 기다릴게. 사랑한다. 우리 가족."

-땅-
한 걸음, 한 걸음. 점점 세상의 끝으로 밀려난다.

"후. 이제 모든 게 다 끝이다."
매리는 전화기를 옆에 두고 옥상의 가장 끝 난간에 올라선다.
'찬란히 빛났지만 아름답지는 못한 나의 열일곱. 비록 극단적인 선택을 했지만, 이는 쉽게 생각한 것이 아님을 알아 줬으면. 비록 먼저 떠났지만 나 같은 고민을 하는 또래들은 많다는 것을 많은 사람이 알았으면 좋겠다. 사춘기라고 단정짓기엔 우리가 이겨 낼 아픔의 정도가 깊다. 나, 황매리는 항상 혼자 힘들고, 아프고, 외로웠기에 가는 길도 혼자다. 잘 있어라, 세상아. 그리고 수고했다, 황매리.'

-툭-

노란 매리골드가 피기 시작하는 6월. 하지만 한 송이의 매리골드는 결국 피지 못하고, 땅속으로 다시 돌아갑니다. 매리야, 선생님이 많이 미안해.

Outro

'황매리'라는 이름은 매리골드에서 따온 것인데, 매리골드의 꽃말은 우정, 예언, 가엾은 애정, 이별의 슬픔, 반드시 오고야 말 행복을 뜻한다. 매리골드가 피지 못하고, 지는 것에 매리는 행복을 겪지 못하고 떠난 것을 강조하고 싶었다.

'유홍초' 선생님의 홍초의 꽃말은 행복한 종말, 존경이다. 매리가 홍초 선생님을 존경을 했기에 홍초라고 이름지었고, 홍초 선생님과 매리가 함께 수업한 사피아나의 꽃말은 행복한 사랑이고, 홍초 선생님의 보조인 유채 씨의 이름은 유채꽃에서 따왔고 유채꽃의 의미는 쾌활이다.

나는 「나는 가해자의 엄마입니다」라는 책을 읽고, 나는 어떤 식으로 책을 써야 할까 고민하던 중 내가 힘들었던 나의 열일곱에 대해 쓰고 싶은 생각이 들었다. 이 책을 쓰면서 과거에 나를 돌아보는 시간이 되었다. 정말 힘들었을 때는 매리처럼 죽고 싶다는 생각이 계속 내 머릿속을 지배하고 나를 비극적으로 몰아가는 것 같았다.

하지만 매리처럼 남에게 말하는 것을 겁내고, 혼자 앓는 게 더 낫다고 생가해서 매번 눈물로 밤을 지새고, 수도 없이 죽는 것도 생각해 보았다. 그럴 때마다 내 옆을 지켜주는 한 명의 친구와 나의 가수가 있었다. 그 친구는 중학교 1학년 때부터 친하게 지냈고, 항상 나를 믿어줬다. 내가 자살이라는 것을 생각할 때에도 그 친구를 생각하면서 그 친구와 나중에 하기로 한 약속들이 많고, 친구가 슬퍼하는게 너무 싫어서 점점 자살이라는 생각을 버린 것 같다.

그리고 항상 힘들어서 밤을 눈물로 지새울 때는 그 가수의 노래가 나의 마음을 다스려 줬고, 지금까지 꽤 밝게 지내는 나를 만들어 준 것 같다. 그 두 사람이 아니었다면 나는 정말 매리와 같은 방법을 선택했을 것 같다. 그때의 감정을 다시 기억해 내며 이 소설을 써나갔고 내가 쓴 이 부족한 소설이 누군가의 마음을 울릴 수는 없겠지만, 그냥 이런 아이도 실제로 있을 수 있구나 하며 읽어줬음 좋겠다. 마지막으로 이렇게 나의 이야기를 소설로 쓸 수 있게 해주신 김지민 선생님께 감사드리고, 배서연, 제일 고마워! 그리고 (아이유)지은이 언니 사랑해요!

우리가 읽은 책 ; 김형숙

『도시에서 죽는다는 것』

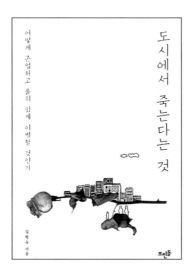

　평소에는 생각하기에 심오했던 인간윤리에 대해 다시 한 번 생각해 볼 수 있는 계기가 된 것 같았다. 또한 이 책을 계기로 나만의 책을 만들 수 있게 된 것 같아 감사하기도 하다. 실제로 작가가 경험한 일들이 제시되어 더욱 사실적으로 느껴졌다. – 김규은

- -

　내가 경험해 보지 못한 내용들을 바탕으로 책이 써져 있다 보니깐 새로운 사실들을 많이 알게 되었다. 그래서 이 내용들을

이용하여 나의 시점에서 죽음을 바라보는 입장에 대해서 쓰고 싶었고 나의 시점 위주로 책을 썼다. 이번 기회를 통해 '죽음'이라는 개념을 다시 생각해 볼 수 있는 기회가 되었다. - 정문영

이 책에서는 무조건적으로 치료를 받으려하는 의료집착적 행위와 자신의 의사결정권에 대해 다루는데 , 주로 노인과 사회적 약자에 대한 이야기를 했다면, 나는 나와 같은 고등학생의 입장에서 글을 써 보고 싶었다. 다른 사람들의 예시를 보며 나의 죽음에 대해서 생각해 볼 수 있었던 좋은 기회였다. - 강고운

이 책을 접한 이후로 노인들과 어린이, 사회적 약자 등등 평소 깊게 생각해보지 못했던 사람들의 입장을 생각해보는 기회를 가질 수 있다. 특히 노인들에게 마지막 순간을 어떻게 맞이하게 해줄지에 대한 젊은이들의 주장들이 인상 깊었다.

책을 읽으면서 만약 나의 가족이 심한 병에 걸린 상황이었다면 치료를 강행해야할까 아니면 마지막 순간을 편하게 보내줄까? 라는 인간윤리에 관한 진지한 생각도 하게 되었다. - 박서영

나의 마지막 순간

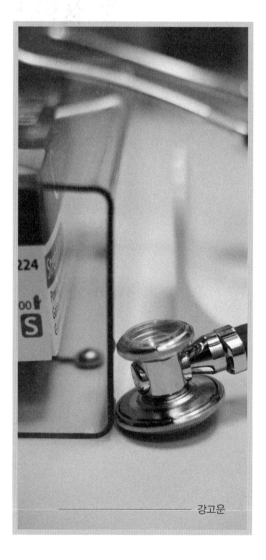

강고운

작가 소개

- 강고운
수성고등학교 2학년에 재학 중이다.
노래 듣기를 좋아하고,
사실 어릴 때부터 책 읽기는 안 좋아했다.

프롤로그

　나의 또래를 주인공으로 설정해 독자로 하여금 더 공감하기 쉽게 하고 싶었다. 아직 18살의 나이이지만 주인공 민정은 우리나라에 만 명밖에 앓고 있지 않은 CRPS를 어릴 때 불의의 사고로 앓고 있고, 희진은 위암 환자이다. 어떤 관점에서는 조금 특별하게 살아온 두 여고생의 죽음에 대한 이야기를 하며 죽음의 가치관에 대한 이야기를 할 것이다. 내가 읽었던 책인 「도시에서 죽는다는 것」은 중환자실의 간호사로서 오랜 시간 동안 근무해 온 작가가 쓴 책이다. 여러 환자의 에피소드들 중 기억에 남는 일화에 자신의 생각을 더해 죽음에 대한 자신의 생각을 다루었다.

　'나의 마지막 순간'은 죽음에 대한 막연한 두려움과 중환자실에서 치료를 받는 것이 당연하다고 느꼈던 인물, 민정이와 희진이가 입원실에서 만나게 되어 자신의 마지막 순간을 직접 꾸려 가는 모습을 그려 낸다. 독자들이 이 책을 읽으며 평소에 깊게 생각해 보지 못한 어떻게 자신의 삶의 마지막을 마무리할 것인가에 대한 물음에 답할 수 있는 계기가 되었으면 한다.

ABOUT BOOK

1
민정의
이야기

CRPS는 심각한 고통, 부종, 피부의 변화가 일어나는 만성 통증 질환 중 하나이다. 외부의 충격 이후에도 특정 부위에 발생하는 매우 드물지만 만성적으로 지속되는 신경병성 통증을 말한다. 통증은 손상의 정도에 따라 다르지만, 생각보다 훨씬 더 강하게 발생하며, 아픔이 해결되거나 사라졌음에도 통증이 계속된다는 특징이 있다. 주로 팔과 다리에 잘 발생하지만 다른 부위에도 발생할 수 있는 질환이다.

민정은 여느 아이처럼 건강하게 태어난 아이였다. 화목한 가정에서 행복하게, 또 어린 나이에도 항상 똘망똘망하다는 소리를 듣던 아이였다. 주변 어른들의 사랑을 받으며 큰 민정에게도 그날은 피할 수 없었다.

민정이 유치원을 마무리하고 초등학교에 입학하기 전, 그 일은 일어났다. 엄마와 집에서 함께 있었던 민정은 엄마가 요리를 하고 있는 주방을 기웃거리고 있었다. 그때 전화벨이 울렸고 추운 겨울날이었기에 따뜻한 국을 끓이고 있었던 민정이의 엄마는 전화를 받으러 거실로 간 그 틈이었다. 민정이는 엄마가 전화를 하러 간 사이, 그 펄펄 끓던 냄비 곁에 있다 그만 갑작스럽게 넘쳐 버린 뜨거운 물에 하반신을 데였다. 순식간에 일은 일어났고, 놀란 민정의 엄마가 달려왔지만 병원으로 간 그때는 늦었다. 되돌리기 힘든 일이었던 것이다.

외상 중에서도 화상으로 인한 CRPS를 진단받았고, 그 증상 중에서도 가장 고통스러운 것은 칼로 베이는 듯한 통증일 것이다.

2
조금은 특별한
만남

"민정아~"

매일 나를 찾아 주는 엄마가 왔다.

나는 우리나라에 1만여 명이 앓고 있는 CRPS 환자다. 확진을 받은 지도 어언 10년이 지났고, 나는 올해로 18살이 되었다. 작년까지만 해도 중학교를 꾸역꾸역 다녔는데, 고등학교는 포기했다. 점점 갈수록 나의 증상은 나아질 기미가 보이지 않았고, 중학교 시절도 나에겐 지우고 싶은 기억으로 남아 버렸기 때문에 학교에 대한 미련도 없었다. 검정고시를 보고 고졸로만 인정받으면 되는 것이었다.

항상 반복되는 일상이 너무 지겨울 때도 있지만, 오늘은 다른 날과는 조금 다르다. 바로 나에게 몇 안 되는 '친구'가 병문안을 오는 날이기 때문이다.

"민정아, 소현이 왔어. 둘이 오랜만이네 그치?"

소현이는 중학교 때 나를 챙겨 주었던 정말 고마운 친구다. 중학교를 졸업하고 나에겐 딱히 '중학교 친구'가 남지 않았지만 소현이만큼은 내가 중학교에서 친구들에게 놀림을 받을 때 나에게 큰 힘이 돼주었던 데다가, 졸업 후에도 나를 가끔 찾아 준다.

"민정아, 오랜만이네! 고등학교 입학 준비하고, 학기 초라서 요즘 바쁜 것 같아. 넌 요즘 좀 어때?"
"난 뭐 늘 그렇지. 그래도 요즘은 좀 괜찮은 것 같아. 바쁜데 와줘서 고마워."
"아니야, 뭘. ㅎㅎ 요즘 좀 괜찮다니까 다행이네."

요즘 좀 괜찮다고 했지만 전혀 그렇지 않다. 증상은 절대 나아질 기미가 보이지 않는다. 정말이지 일상생활을 할 수 없다. CRPS는 입원을 요구하는 병은 아니지만 최근 더 잦아진 고통으로 다시 입원을 결정했다. 그토록 벗어나고 싶었던 병원이었지만 화끈거리고, 바늘로 찌르는 것 같고, 칼로 베는 듯한 이 고통을 견딜 수 있는 사람이 몇이나 되고, 또 상상이나 할 수 있을까?
남들은 공감하기 어렵기 때문에 중학교 때 소위 말하는 '왕따'가 되었는지도 모른다. 나는 환자이기 때문에 학교에서 아무런 치료 없이 버티기는 힘들다. 학교에서 수업 중에라도 고통이 찾아오면? 고통이 찾아온다고 해서 '이렇게 하면 돼요.'라는 대안이 없기 때문에 아마 정상적인 학교 생활이 불가능할 것이다.
이런 말을 하면 특수 학교를 권유하는 사람들도 더러 있었다. 신체의 일부에 문제가 있고, 이로 인해 인한한 일상생활과 사회생활이 어려워진 이들을 장애인으로 분류한다. 항상 나를 괴롭히는 이 CRPS는 놀랍게도 장애 판정을 받을 수 없다. 통증을 객관적으로 증명할 수 없고, 의학계에서 통일된 판정 기준이 없다는 것이 그 근거이다. 하지만 이 미칠 듯한 아픔을 겪고 있는 나는 의학계고 뭐고, 그저 너무 아플 뿐이다.

소현이는 아침 때쯤 와서 같이 점심을 먹고 돌아갔다. 다행히 그날은 고통이 찾아오지 않았다.

다음 날이 되었고 여느 날처럼 엄마와 나는 함께 아침을 먹고 있었다. 아침을 먹은 후 잠시 쉬고 있었는데, 그 순간 고통이 찾아왔다. 다리부터 느껴지던 칼로 베이는 듯한 아픔은 점점 전신으로 번졌고 또다시 나만 아는 고통이 시작됐다. 통증이 시작되면 수건부터 찾는다. 이를 악물고 버텨야 하기 때문이다. 엄마는 곧 의사선생님을 불렀고 도착한 의사 선생님들은 내가 앓고 있는 병의 증상이 맞으며 곧 진통제를 투여해 준다고 했다. 사실 내가 고통을 겪는 동안 직접 들은 건 아니지만 항상 그런 식의 대처밖에 없었기 때문에 쉽게 짐작할 수 있었다.

초등학교 고학년 때나 중학교 때는 이 고통을 참을 수가 없어서 자해를 하기도 했다. 실제로 CRPS를 겪는 환자들 중 극심한 고통으로 인해 하는 흔한 행동 중 하나이다. 다리가 아플 땐 차라리 다리가 없었으면…… 하고 생각한다. 차라리 없었으면 이런 고통도 못 느꼈을 텐데 하면서.

고통이 끝난 뒤 가까스로 진정을 되찾았고 세포막 안정제를 투여받으며 한숨 돌릴 때쯤, 건너편 침대에 새로운 얼굴을 발견했다. 나의 또래 여자 아이였다. 몇 번 병원에 입원을 해 봤지만 내 또래와 방을 써 본 적은 없었다. 엄마의 말에 의하면, 내가 고통을 겪고 있을 때 우리 병실에 들어왔고, 이번에 입원했다고 한다.

저 아이는 처음 보는 자기와 비슷한 나이의 친구가 수건을 물고 악을 쓰고 있는 모습을 보고 뭐라고 생각했을까.

이런 걱정도 들었지만 항상 5~60대, 혹은 70대와만 병원 생활을 해 본 나로서는 같은 병실에서 앞으로 함께 지내게 될 10대의 친구가 궁금했고 친해지고 싶다는 생각이 곧 들었다. 서로 아픈 상황이니 더 좋은 친구가 될 수 있지 않을까?

그 친구의 입원이 대충 마무리되고 병실은 다시 평소의 모습으로 돌아갔다. 그 아이는 엄마와 눈이 마주쳐 눈인사를 하고서는 자신의 가족과 몇 마디 대화를 나누었다. 그 아이의 곁에는 엄마로 보이는 사람과 동생으로 보이는 남자 아이가 있었다. 곧 우리 엄마는 그 엄마에게 말을 걸었다.

"우리 애랑 나이가 비슷해 보이는데, 몇 살이에요?"

"아, 안녕하세요. 얜 18살이에요."

"어머, 우리 애도 18살인데, 잘됐다. 같은 병실에 친구가 들어와서. 항상 또래가 없어서 외로워했거든요 얘가. 이름이 뭐예요? 얜 민정이에요, 최민정."

"얜 희진이에요. 잘됐네요. 제가 자리 비우면 외로울까 봐 걱정했는데……
얘도 18살이거든요."

엄마들 간의 인사 후 그날은 희진이와 별다른 이야기를 하지 않았다. 엄마들은 벌써 서로 친해진 듯했지만, 희진이와 아직 거리가 멀었다.

3
새로운 친구
희진이

또 다음 날이 되었고, 엄마와 아침을 맞았다. 희진이는 아침 일찍부터 검사를 받으러 갔기 때문에 병실에는 나와 엄마, 그리고 다른 침상에 계신 분들 두 분 정도만 있었다.

"민정아, 너 호스피스 알아?"

엄마가 갑자기 뜬금없는 질문을 했다. 호스피스에 대해서는 당연히 들어보았다. 나에겐 먼 곳처럼 느껴지는 곳, 할머니 할아버지들이 정말 마지막을 맞이할 때 가는 곳. 그곳이 호스피스라고 나는 생각했다.

"알지. 정말 죽기 직전의 사람들이 가는 데 아니야?"

엄마가 왜 호스피스를 갑자기 묻는지는 알 수 없었지만 불치병을 앓고 있는 나로서는 기분이 좋지는 않았다. 호스피스는 나와는 맞지 않는 곳이고, 갈 일도 없고, 호스피스를 간다는 것 자체가 나를 포기한다는 느낌이 들었기 때문이다.

"희진이 있잖아. 걔 호스피스로 옮긴다더라. 여기서 영 치료가 어렵고 증상도 더 나아지지 않으면. 본인이 가고 싶어한대."

"엥? 진짜? 처음 들어본다. 호스피스 가고 싶어하는 애는."

"그러니까. 엄마도 어제 희진이네 엄마랑 얘기하는데 좀 놀랐어. 그만큼 상황도 안 좋은 것 같더라고. 암이라던데. 어린 나이에 어쩌다 그렇게 됐나 몰라."

희진이는 암환자였다. 대충 들어본 바로는, 발견했을 때는 이미 너무 진행이 많이 된 상태였다고 한다. 성격도 좋고, 어릴 때부터 약한 것도 아니었던 어린 딸이 '암'이라는 진단을 받아 희진이 어머니도 충격이 크셨다고 한다.

"근데 걔는 호스피스를 왜 가고 싶대?"

그래도 이해가 잘 가지 않았다. 내가 호스피스에 대해서 잘 모르는 건가? 내가 좋아하는 유튜브를 볼 때도, 호스피스와 관련된 것들에는 모두 할머니 할아버지들이 등장했었다.

"글쎄. 뭐, 어디서 들은 얘기가 있는 거겠지. 아, 그리고 너도 희진이랑 친해지려고 뭐라도 해 봐. 친구 없어서 심심하다며. 그래도 병원에서 당분간은 같이 지낼 텐데. 나이도 같고. 알겠지? 엄마들이 빠져 줄 테니까 잘 좀 해 봐."

"알겠어."
사실 친구에 대한 좋은 기억이 그닥 많지도 않고 사교성도 없어서 친구를 사귄다는 말이 좀 어색하다. 그래서 대충 대답하고 넘겼지만 한번 노력해 봐야겠다는 생각이 들었다.

그렇게 점심쯤이 됐고 엄마는 아까 말했던 대로 진짜 병실을 빠져 나갔다. 희진이 엄마도 같이 나가는 걸로 봐선 둘이 완전 친구가 된 게 분명했다. 병실에 나와 희진이가 덩그러니 침대에 앉아 서로 마주본 채 남아 있었다. 내가 용기내서 먼저 말을 꺼내려고 할 때, 희진이가 인사를 건넸다.

"안녕?"

"어? 안녕!"

"이름이 민정이라고 했지? 어제부터 와 있었는데 이제 처음 말해보네."

"그러게. 병원 생활을 꽤 오래 해 봤는데, 내 또래랑 같이 있는 건 처음이라서 어제 너 보고 놀랐었어."

"아, 진짜? 나도 여기 오면 엄마밖에 내 친구가 없겠구나 했는데 나랑 동갑이 있어서 다행이다!"

희진이와 일상적인 대화를 나누었는데 너무 즐거웠다. 친구가 엄마밖에 없을 것 같았다라는 말이 너무 공감됐다. 아마 하루 종일 말할 사람이라곤 엄마, 의사, 옆에 있는 같은 환자 한 명 정도라고 생각하면 얼마나 답답할지 공감해 줄 사람은 얼마 없을 거다. 그리고 사실 희진이가 생각하는 호스피스에 대해서 알고 싶었는데, 첫 만남에 좀 실례일 수도 있겠다 싶어서 쉽게 묻지 못했다. 언젠가 말할 날이 올 거라고 생각했다.

4
희진의
이야기

"근데 넌 어디가 아파서 온 거야?"

희진이가 물었다.

"음. 난 CRPS라고 있는데, 희귀병이라서 아는 사람이 그렇게 안 많아. 앓고 있는 사람도 우리나라에 만 명? 정도밖에 안 된대. 그 만 명 중에 한 명이 나인 거지."

"처음 들어보긴 한다. 사실 처음 여기 왔을 때 병실 들어서자마자 네가 너무 아파하고 있는 거야. 그래서 좀 놀라긴 했거든. 쟨 엄청 아픈 병을 앓고 있나 보다 그렇게 생각했지. 희귀병이라니까 슬프긴 하네."

"그냥 뭐 말로는 인간이 느끼는 최악의 고통이라는데, 가끔은 다리가 없었으면 싶다니까. 근데 너는 어디가 아픈 거야?"

"아, 나는 암이야. 위암이래. 나 원래 엄청 멀쩡했거든? 좀 예전부터 배 아프고, 난 그냥 변비인 줄만 알았어. 변비약도 먹었었거든. 아직 10대인데 누가 암이라고 생각하겠어. 당연히 애들 잘 걸리는 변비라고만 생각하지. 엄청 예전엔 변비 때문에 병원도 가고 그랬었는데 그때도 그냥 약 처방해 주고 별다른 말 없길래 그냥 그런 줄로만 알았더니, 가면 갈수록 아픈 게 심해지는 거야. 그래도 참았어. 엄마가 걱정하는 것도 싫고 해서. 근데…… 어느 날 진짜 못 참겠더라. 왜냐면 내가 그 전날 내 대변에서 피를 봤거든. 살도 엄청 빠졌었어. 원래 먹는 것도 좋아했는데 입맛도 뚝 떨어지더라. 안 먹었는데도 배가 더부룩하고. 그래서 엄마한테 말씀드리고 엄마랑 같이 큰 병원 가서 검사를 했는데, 위암 3기래. 어이가 없지. 작년에 있었던 일이야, 이게."

나는 암에 대해서 잘 모르지만 희진이 말을 들어보면 이미 암이 어느 정도 진행된 후 발견됐음은 알 수 있었다. 그럴수록 생존율이 낮아지는 건 당연할 거다.

"엄청 놀랐겠네 지금은 어때? 좀 나아지고 있대? 괜찮을 거래?"

"음. 좀 절망적이긴 하지만 상황이 별로 좋은 것 같진 않아. 처음 발견했을 때인 위암 3기도 3기 중에서 초기가 아니라 거의 중후반이었거든. 빨리 발견할수록 좋은데 그러질 못했으니까. 마지막을 염두에 두는 거지 항상."

이제 조금은 희진이가 왜 호스피스에 대해서 생각해 봤는지 이해가 간다. 마지막을 생각하고 있기 때문이었다. 나는 나의 마지막에 대해 진지하게 생각해 본 적이 없었다. 죽을 듯이 아파도, 어쩔 수 없는 거고, 급하게 의사를 불러 진통제를 처방 받고, 기술이 더 나아지길 기대하고 있을 뿐이었다.

5
호스피스

그날 희진이와의 대화 후 나도 나의 마지막에 대해 생각해 보게 되었다. 사실 그런 생각을 갖게 된 데에는 한 가지 이유가 더 있었다.

증상은 가면 갈수록 나아질 기미는 보이지 않고, 오랫동안 앓아왔으며 앞으로도 계속 그럴 가능성이 크니 척수신경 자극기를 삽입하는 게 어떻겠냐는 의사 선생님의 말이 있었다. 치료가 아닌 하나의 옵션이기 때문에 통증이 왔을 때 덜 느끼게 할 수 있는 장치라고 설명하셨다. 하지만 부작용도 있고, 찾아봤던 영상 속 환자는 아무리 척수신경 자극기를 눌러도 변화가 없는 것을 보고는 마음을 접었던 기억이 있다.

하지만 이게 다가 아니었다. 의사 선생님은 곧 합병증에 대해 언급하셨다. 혈관 운동이 약해져 있기 때문에 각별히 유의하라고 하셨다. 나에게 직접적으로 모든 걸 말해 주시진 않는다. 어떻게 보면 나의 증상, 더 일어날 합병증들에 대해서 가장 잘 알고 또 잘 이해해야 하는 사람은 나지만, 내가 만난 의사 선생님들 중 나에게 솔직한 분들은 없었다. 나를 돌려보내고 엄마에게 추가해서 넌지시 더 말해 줄 뿐이었다. 환자가 충격을 받고 병원에게 호전되지 않는 이유에 대해 난동을 부리면 곤란해지는 상황이 그 전에 여러 번 있었기 때문일 거다. 어쨌든 확실한 건 내가 호전되고 있지는 않다는 것이다. 정확한 이유도 모른다.

희진이는 이미 자신의 죽음까지도 생각해 본 듯했다. 나보다 훨씬 이후에 병을 앓기 시작했음에도 불구하고 최후까지 생각하는 걸 보면 희진이는 어른스러운 면이 있는 것 같다. 그래서 나도 희진이와 많은 대화를 나누며 같이 생각해 보기로 했다.

"희진아, 근데 나 사실 너 처음에 왔을 때 들었는데…… 너 호스피스 고려하고 있다고 하더라고. 혹시 왜 호스피스인지 물어봐도 돼? 대학병원이 더 믿음이 가지 않아? 난 병원 안에 갇혀 있는 게 싫긴 하지만 그래도 벗어나면 치료를 못 받을 것 같은 느낌이 들어서 무섭거든."

"그렇게 물어보는 사람은 네가 처음이다. 사실 다른 친구들한테 얘기한 적은 없는데. 나는 딱히 내 몸을 상하게 하면서까지 의미 없는 생활을 계속해 나가고 싶진 않아. 예전에 어떤 병을 치료하는 환자를 본 적이 있어. 근데 그분이 의식이 없어지고 있는 상태에서 점점 호흡을 못하니까 병원에서 그냥 치료를 감행하는 거야. 당연히 병원에서는 일차적으로 환자를 살리고 봐야 되니까 기도를 확보하기 위해서 기도삽관을 했는데 그게 나한텐 너무 충격이었어. 그 환자는 살 수는 있더라도 한순간에 말도 못하게 된 거야. 장치 때문에 똑바로 움직이지도 못해. 그렇지만 오직 환자의 목숨만을 위한 치료였기 때문에, 환자가 의식을 잃었다면 환자는 자신의 일인데도 불구하고 좋다, 싫다 의사 표현도 못하고 한순간에 그렇게 되어 버리는 거지."

"그래도 죽는 건 무섭잖아. 그 환자도 아마 제때 조치를 취하지 못했다면 어떻게 됐을지 몰라."

"네 말도 맞지. 내 말이 무조건 맞다는 게 아니라, 각자가 생각하기에 달린 문제인 거야. 하지만 난 집착하고 싶지 않다는 거? 진짜 위급해지면 의식도 없어지잖아. 그럼 그때 누가 내 삶을 결정해 줘?"

"그럼, 호스피스는 어떻게 달라?"

"'호스피스'라는 말이 평화로운 죽음이라는 뜻이래. 환자의 편의를 가장 많이 봐주기 위해서 노력하는 곳이지. 조금 다르게 말하면 환자 스스로 죽음의 상황에서 그 주인공이 될 수 있도록 돕는거야."

나는 그때 호스피스의 뜻이 무엇인지에 대해 알았다. 또 희진이의 마지막 말이 와 닿았다. '환자 스스로 죽음의 상황에서 주인공이 되도록 돕는 것'. 희진이 말대로 정말 위급한 상황에 놓이게 된다면 나와 간호사 간의 소통은 당연히 불가능할 것이고, 그럼 그 사람들이 나의 마지막에 대한 결정권을 가지는 것과 다름이 없었다. 내가 그 치료를 원하든 말든 그 사람들은 나를 살리기 위한 최후의 수단까지 모두 쓸 것이다. 아마 내가 그것을 원하는지에 대해서는 아무도 안 궁금해 할 것이었다.

내가 죽음을 논할 나이도 아니고, 생명을 위협하는 병을 갖고 있는 것도 아니었기 때문에 벌써 이런 고민을 하는 것이 우스워 보일 수 있지만 희진이 덕에 내가 어떤 마지막을 원하는지에 대한 생각을 해 볼 수 있었다.

6
지금과는
다른 곳

오늘 통증은 잦았다. 아침에도 칼로 내 몸을 찢어 가르는 듯한 고통이 왔는데, 점심이 되기도 전에 온몸을 칼로 베는 느낌이 또 왔다. 정말 이럴 때마다 차라리 아프다가 기절했으면 한다. 나를 치료해 주시는 의사들, 간호사들마저도 이 고통을 제대로 이해할까? 이 고통을 객관적으로 증명할 수 없어서 장애 판정도 받지 못한다. 이렇게 고통스러운데 내가 스스로 환자임을 증명해야 하는 처지라는 게 이해되지 않는다. 어떤 보상을 원하는 것이 아니라 일상생활이 불가능하고 계속해서 병원비를 지불해야 하는 환자로서 누릴 수 있는 혜택을 받고자 하는 것인데도 통일된 기준이 없어서 안 된다는 게 타당한지 의심스럽다. 자식이 아파서 소리조차 지르지 못하는 걸 옆에서 보며 안아 주지도 못하는 엄마의 심정은 어떨지 가늠이 안 간다.

몇 년 전, 씻다가 통증이 와서 고생한 적이 있었다. 씻던 도중 도끼로 내리찍는 고통이 와서 씻을 때에도 항상 입에 물 수 있는 스틱형 아편 진통제를 꼭 챙긴다. 그런다고 해결되는 건 아니지만 이렇게라도 해야 한다.

희진이의 상황도 나아져 가는 것처럼 보이지 않았다. 그리고 병원 생활이 지겨운 듯 보였다. 항암 치료를 하며 머리카락도 다 잃게 된 자신이 싫은지도 모른다. 그날 희진이와 또 호스피스에 대한 이야기를 하였다. 희진이가 먼저 말을 꺼냈다.

"전에 말 못했는데, 호스피스 말이야. 거기에서는 이렇게 기계에 얽매이지 않고 자유롭게 다닐 수 있도록 도와줘. 예를 들면 좀 걷고 싶고, 햇빛도 받고 싶으면 밖에 마련돼 있는 정원에 나갈 수 있어. 근데 환자니까 장치를 계속 떼고 있을 순 없잖아. 그래서 연결된 줄의 길이를 늘려 줘. 거긴 그런 곳이래."

"난 네 생각을 듣기 전만 해도 내 죽음에 대해 생각해 본 적이 없었어. 그냥 '아파서 죽고 싶다' 이게 다였거든. 그리고 호스피스는 정말 마지막 상황에 놓인 사람들이 가는 곳. 그래서 연세가 어느 정도 있으신 분들이 가는 곳이라는 편견이 있었는데 널 보고 그런 편견도 없어졌어."

"그렇게 말해 주니까 내가 꼭 대단한 사람이 된 것 같네."

"그래서 넌 언제? 옮길 생각이야?"

"지금 기회만 노리는 중이야. 여기서 너랑 이렇게 얘기하면서 지내는 것도 재밌지만 호스피스에 대한 끈을 놓을 수 없다고 해야 되나."

7
나의 마지막
순간

　희진이는 점점 아파 갔고, 항암 치료 때문에 너무나도 고통스러워 보였다. 의사와 간호사가 희진이의 상태를 점검하기 위해 방문하는 횟수가 점점 늘어나는 것만 보아도 상태가 나빠지고 있음을 알 수 있다. 희진이는 치료에 대한 집착이 없다. 아마 어린 나이에 그런 고통스러운 치료를 받는다는 것이 잘 수용되지 않아서일 것이다. 하지만 그런 희진이의 마음을 알아 주는 것은 나밖에 없는 것 같다. 치료에서 희진이의 의견은 반영되지도 않는다. 의사가 하라는 대로, 엄마가 하라는 대로 해야만 한다. 움직이는 것도 당연히 안 된다.

　그렇게 희진이의 치료는 두 달 즈음 지났다. 희진이는 병원을 옮기겠다는 의사를 확고히 했다. 오래 고민해 온 일이기도 했고, 충분히 생각했으며, 이런 식의 강제적이라고 느껴지는 치료보다 마지막 순간의 주인공이 자신과 사랑하는 가족임을 보장해 주고, 자신의 의사를 더 존중해 주는 곳으로 떠나기를 결심한 것이다.

　나 또한 희진이의 의사를 존중하고 희진이가 마지막 순간을 맞게 되더라도 행복했으면 한다. 물론 마지막이 아직 오지 않았으면 좋겠지만 말이다. 다음에 만날 때는 병원이 아니라 여느 10대 학생이라면 갈 수 있는 일상적인 곳에서 함께 시간을 보내고 싶다. 내가 나의 죽음을 생각하게끔 해준 희진이에게 고맙다. 나와 같이 투병하고 있는 이들 중에 자신의 마지막을 멋지게 만들어 가는 사람이 과연 몇이나 될까? 나도 앞으로 나의 마지막을 설계해 나갈 것이고 그에 맞게 살고 싶다.

에필로그

책을 쓰며 나 또한 나의 마지막 순간을 생각해 보았다. 어떤 병이 없는 나에게는 아직 먼 미래여서 '어떤 치료를 받아야겠다'라는 생각은 구체적으로 없지만 내가 능동적으로 꾸며 가야겠다는 다짐을 하게 되었다.

이 책의 주인공들은 10대라기엔 조금은 다른 삶을 살아왔다. 사실 나도 겪어 보지 못했던 삶이기 때문에 조심스럽기도 했고 정보 수집에도 어려움이 있었다. 하지만 우연히 유튜브에서 '눈물도 말랐다 CRPS 환자들'이라는 영상을 보았고, 생명과학 수업에서 들었었던 CRPS를 소재로 글을 쓰게 되었다. CRPS는 희귀병이고 인간이 느끼는 최악의 고통이라는 악명을 갖고 있다. 하지만 또 반대로, 인간이 느끼는 최악의 고통이기 때문에, 너무 주관적이라며 CRPS 환자로 공식적으로 인정받는 것은 아직도 힘든 일이라고 한다.

이 책에서 주로 다루고 싶었던 것은 '의료 집착적 행위'와 '자신의 마지막 순간'이다. 내가 이 책을 쓰기 전 읽었던 책 '도시에서 죽는다는 것'을 읽으며 계속 생각했던 것들이기도 하다. 자신의 삶을 마치는 과정의 주인공이 자신이 아닌 남이라는 것을 생각하니 너무 모순이었다. 나 또한 나도 모르게 어떤 병이든 무슨 수를 써서라도 치료해야 한다는 생각이 앞섰었던 예전의 나를 생각하면 확실히 달라진 모습이었다.

'의료 집착적 행위'라는 말을 처음 접하는 사람이 더 많겠지만, 의학 연구원을 꿈꾸는 나로서는 충격적인 말이었다. 나는 여태껏 의학은 항상 발전을 거듭해야 하고, 치료법을 계속해서 연구해야 한다고 생각했다. 하지만 사람들이 기본적인 안전 수칙도 모른 채 나날이 발전해 가기만 하는 의학만 믿고 맹목적으로 기술에만 의존한다는 사실을 알게 되었을 때, 그리고 치료 과정이 너무 가혹할 수 있고 그렇게 산다고 하더라도 의식이 없는 상태에 머무를 수 있다는 것을 알게 되었을 때, '과연 의학의 발전은 항상 이로운 것인가?'라는 고민을 하게 된 것이다. 이런 면에서 이 책은 내가 다른 측면에서 의학을 보게끔 해준 것이다.

이 책을 읽는 사람들도 모두 자신의 마지막 순간에 대해 생각하게 되었으면 한다. 무조건적인 치료, 그리고 병원이 답이 아니라는 것을 모두 알았으면 좋겠다.

한의사의 고백

김규은

작가 소개

- 김규은(18세)
- 좋아하는 것: 노래방 가기, 요리영상 보기
- 어릴 적부터 소설을 읽는 것을 좋아했음.

머리말

　들어가기에 앞서, 내가 어쩌다가 이런 소재로 책을 쓰게 되었는 가에 대해 먼저 설명하겠다. 「도시에서 죽는다는 것」이라는 책을 접한 이후로 마땅히 지켜져야 할 인간의 권리가 지켜지지 못하는 공간에 대한 회의감을 가지게 되면서 관심이 생겼다. 그래서 인간 윤리 쪽으로 초점을 맞추게 되었다. 계속해서 인간을 보존하기 위한 다양한 기술들이 개발되는 만큼 그만큼의 침해도 있을 것이고 윤리적인 부분에서의 침해도 꾸준하게 발생할 수 있을 것이다. 그런 부분들을 고려하였을 때, 이런 일이 충분히 발생할 수 있을 것이라는 생각이 들었다. 결과적으로 이 소설이 만들어지게 되었다. 지식이 부족한 만큼 어색한 부분들도 많고, 제대로 된 소설은 처음 써보는 거라 흐름이 끊길 수도 있지만 너그러운 마음으로 읽어 주길 바란다. 그리고 소설 속 사례와 같은 목적 달성을 위한 생명의 남용이 과연 정당한지에 대해 다시 한번 생각해 보길 바란다.

ABOUT BOOK

—

등장 인물 소개 및 프롤로그

심환희(42) - 내과 의사

대한민국에서 가장 큰 의과대학 병원에서 연구원 및 의사로 일하고 있다. 대학병원 팀과 연구소에서 많은 연구 결과를 창출해 대한민국의 기술 발전에 이바지한 인물로 꽤 유명한 인물이다. 그의 딸은 전 세계적으로도 희귀한 병에 걸려 특수 중환자실에 입원해 있다.

심소은(6)

심환희 박사의 딸로 치료를 위해 전 세계를 돌아다녔음에도 치유방법을 찾지 못한 희귀병을, 태어나고 얼마 되지 않아 갖게 된다.

이정철 박사(42) - 외과 의사

심환희와 같은 의과대학 동기이나 은밀하게 진행되는 심환희의 연구 과정을 반대하는 인물. 그러나 심 박사가 비밀리에 연구를 진행한다는 사실만 알 뿐, 어느 정도의 규모인지는 모른다.

김영호 박사(44) - 외과 의사

심환희 박사와 비밀리에 연구를 진행하는 팀원 중 하나. 심환희의 적극적인 제안으로 연구를 진행하고는 있지만, 의구심과 죄책감을 느끼는 양심적인 인물이다.

미세 소관에 미세한 악성 종양이 발현해 세포의 이동 및 세포 내 주요 물질들이 이동하는 것을 차단해 서서히 조직이 괴사하도록 하는 희귀병. 발, 손끝에서부터 시작되어 서서히 장기까지 영향을 미친다. 처음에는 걷지 못하거나 절뚝거리는 정도지만, 걷는 것은 물론 뇌에도 영향을 받아 말하는 것과 듣는 것에서도 악영향을 받게 된다. 전 세계적으로 희귀한 케이스며, 국내에서는 소은이가 유일하여 대학병원 내에서는 '소은병'이라고 불린다.

1
평범한
하루

평소와 달리 병원은 궁금증에 모여든 사람들로 북적거렸다. 쑥덕이는 사람들의 말에 의하면 시청률이 꽤 높은 TV 프로그램인 모양이었다. 마이크를 들고 익숙하게 진행하는 리포터 옆엔 휠체어에 기댄 할머니가 담요를 목까지 덮고 있었다.

"마무리하기 전에, 이 병원에서 고마운 분께 하실 말씀이 있다고 들었어요."

"그려요, 이름이 심환호? 그 의사 양반 있자녀."

"혹시 내과 전문의 심환희 박사님?"

"맞아요, 맞아! 정말 명의라니까. 몇 년간 고혈압 때문에 병원 신세를 졌는데, 덕분에 싹 나았어. 고마워요!"

익살스럽게 정면에 있는 카메라에 손까지 흔들어대는 할머니에 주변에서 구경을 하던 이들 모두 웃음을 터뜨렸다. 젊은 나이에 성공하고서도 인간미까지 잃지 않아 두루 사랑받는 의사. 내과 전문의 심환희의 미담이 하나 더 추가되는 순간이었다.

무더운 7월 말에 휴가까지 겹치는 시기. 사람들이 가장 병원을 많이 찾는 시기이다. 덕분에 진찰실에서 꼼짝도 않고 죽어라 진찰만 하던 심 박사는 복통을 호소하는 환자를 마지막으로 처방전을 써 내려 갔다. 고통에 인사도 잊어버린 환자의 뒤통수에 인심 좋은 웃음을 지으며 배웅하는 것도 잊지 않았다.

환자가 나가고 얼마 지나지 않아 노크 소리가 들렸다.

"들어와요."

중환자실 문진을 같이 도는 인턴들이었다. 일부 새로 들어온 인턴들도 섞여 있었다. 다들 긴장한 듯 서로를 쳐다보았다.
"심 박사님, 문진 돌 시간입니다."

"시간이 벌써 그렇게 됐나? 나 원 참, 하루가 이렇게 빨리 가니."

심 박사는 안경을 벗고 땀을 훔치며 호탕하게 웃었다. 푹푹 찌는 여름철에 덜덜거리며 허술하게 돌아가는 에어컨 밑에서 일한다는 건 정말 죽을 맛이다.

분위기가 풀릴 법함에도 인턴들은 대선배 앞에서 서로의 눈치만 볼 뿐이었다. 그중에서도 가장 먼저 들어와 나름 요령이 생겼다는 인턴이 말을 꺼냈다.

"저……. 그리고 심 박사님. 따님 문진은……."

"제가 따로 가 볼 테니 그건 신경 쓰지 마시고."

겨우겨우 끄집어낸 말이라는 게 무색할 정도로, 유쾌하게 말을 끊어 버린 심 박사는 문진표를 들고 일어섰다. 그러나 그의 표정은 누가 그의 책상을 엎어 버리기라도 한 것 같았다. 그의 표정을 마주한 인턴들은 일제히 물러서며 말을 꺼낸 인턴이 마치 눈치없는 사람이었던 것처럼 팔꿈치로 쿡쿡 찔러댔다. 단숨에 얼어버린 분위기는 에어컨이 없어도 충분할 정도로 작은 방 전체를 서늘하게 만들었다.

"여기서부터는 저 혼자 갈 테니, 인턴 분들은 정리하고 가시죠."

심 박사는 특성상 한 환자도 그냥 넘기지 못했다. 덕분에 문진은 늦어졌고, 문진표를 정리할 때즈음엔 저녁 시간은 훌쩍 넘어 있었다. 혼자 가겠다는 말을 뒤로 특수 중환자실로 걸어가는 심 박사를 돌아본 인턴들은 그가 모퉁이를 돌아 사라지자마자 모여들었다.

"어휴, 김 인턴! 눈치 없이 그걸 왜 여쭤 봐."

"그러게 말이야. 상황 판단을 잘못했네, 그래."
"아니, 다들 왜 그래? 어차피 우리 중 한 명이 총대 맬 상황 아니었어?"

동기 인턴들의 놀림에 김 인턴의 얼굴이 벌겋게 달아올랐다. 열띤 주장을 펼치는 김 인턴의 모습이 우스웠던 동기 인턴들은 웃음을 터뜨렸다. 모두 웃고 있는 상황 속에서 눈치를 보며 억지로 웃던 신입 인턴들은 문득 딸 얘기에 예민하게 반응하는 심 박사에 대한 의문이 들었다.

"그런데…… 박사님 따님 분한테 무슨 일이 있었나요? 왜 다들……."
신입 인턴 말이 끝나자마자 다들 기다렸다는 듯 크으- 하고 목을 긁는 소리를 내며 고개를 저었다.

"말도 아니지. 따님 분이 우리나라에서 아무도 앓지 않는 희귀병을 앓고 있으니."

"희귀병이요?"

"미세 소관에 악성 종양이 생겨서, 세포 이동이 원활하게 일어나지 못해. 그러다 서서히 조직이 괴사하게 되지. 벌써 진행되고 있어. 소은이, 그러니까 박사님 따님은 발가락부터 진행되어서 걷지도 못해. 지금 당장은 특수 중환자실에 따로 옮겨져서 진통제를 투약하고 진행 과정을 늦출 연구를 지속하는 수밖에 없어."

"와…… 국내에 1명뿐이라니 박사님도 걱정이 이만저만이 아니시겠네요."

"그러게. 안 그래도 환자 분들한테 애정이 많으신 분인데. 감히 헤아릴 수가 없지."

"어휴, 분위기가 어두워졌네. 다들 이러지 말고, 빨리 정리하고 밥 먹으러 갑시다."

인턴들이 다른 화제로 얘기를 이어가며 걸어가는 동안, 반대편으로 걸어가던 심 박사는 무거운 철문의 손잡이를 돌렸다. 문 앞 '외부인 출입금지'라는 팻말이 흔들렸다.

내부는 침대 옆 작은 형광등의 불빛에만 의존하고 있었다. 어찌나 어두웠던지 딸을 보기 위해 심 박사는 여기저기를 더듬어 가며 가야만 했다. 텅비었다고밖에 할 수 없는 중환자실은 침대 하나와 심장박동 기계뿐이었다. 심장박동 재는 소리가 조용한 중환자실을 울렸다.

"소은아."

침대 옆에 선 심 박사는 이름을 불렀다. 온몸에 연결된 끔찍한 기계 줄들을 둘러보았다. 생기가 사라진 텅 빈 눈동자를 들여다보았다. 오랜 기간 움직이지 못해 앙상해진 손 위에 손을 포갰다. 팔뚝 여기저기에 꽂힌 바늘들이 덜그럭거렸다. 아이는 뒤척일 기력도, 의지도 없었다.

"오늘은 어땠니, 숨이 안 쉬어지진 않았고?"

"진통은? 진통제 투여 횟수가 늘진 않았겠지?"

간호사가 수시로 방문하며 기록표에 빼곡하게 적어 놓은 이력들이 있음에도, 심 박사는 딸에게만 눈을 맞췄다. 한창 뛰어놀 6살이라는 나이에 아이는 듣도 보도 못한 약들을 투여당하며 실험체마냥 침대에 널브러져 있다. 심 박사는 잠시 고개를 숙이고 숨을 골랐다. 반아들이기 힘든 현실은 시간이 지나도 도무지 적응이 힘들었다. 착잡한 표정으로 얼굴을 쓸어내렸다.

"아빠가, 꼭 안 아프게 해 줄게. 약속할게."

의연한 표정으로 일어선 심 박사는 그제야 기록표를 확인하고, 딸의 손을 토닥인 다음 삐걱거리는 의자에서 일어섰다. 일렁거리는 햇빛이 그대로 들어오는 진찰실에서 진찰을 하고, 서툰 인턴들과 문진을 돌고, 딸의 상태를 확인하고 무거운 마음을 안고 집으로 돌아가는 것. 문을 열기 전 심 박사의 휴대전화가 울리기 전까지는 평범한 하루였다.

2
정직한
의사

「속히 전달함. 지하실 2층으로.」

문자 내용을 대충 확인한 심 박사는 진찰실로 달려갔다. 의사 가운을 벗어 옷걸이에 단정하게 정리하는 심 박사의 표정은 마치 회전목마만 타다 롤러코스터를 처음 타는 아이마냥 긴장하면서도, 즐거운 표정이었다. 서류 가방을 정리하며 오래된 팝송의 리듬을 흥얼거렸다. 서류가방을 잠그는 그의 얼굴은 행복함으로 일그러졌다. 진찰실 문을 잠그고 침착하면서도 빠른 걸음으로 그는 엘리베이터를 지나쳐 비상구 문을 열었다.

"왜 이리 늦었어. 벌써 10분이나 지났지 않나. 한시가 급한데!"

"미안하네. 진찰실에서 옷을 갈아입고 오느라."

지하실은 영문을 모를 냄새로 전체적으로 퀴퀴했다. 환기도 잘 되지 않아 옷이 눅눅하게 주름질 정도로 꿉꿉했다. 벽에는 이미 오랜 시간 방치된 곰팡이 찌꺼기가 눌러 붙어 있었다. 숨을 들이마실 때마다 기분 나쁜 습한 냄새가 올라오는 공간이 익숙한 듯 심 박사는 의자에 가방을 내려놓았다.

"그래서, 드디어 찾았나?"

"그 외에 자넬 부를 이유가 뭐가 있겠나."

정체불명의 액체가 잔뜩 묻은 고글을 벗은 남자가 음침하게 웃었다. 그는 지하실 중앙에 배치된 냉장보관실로 걸음을 옮겼다. 보관실 문을 여는 그의 목에 걸린 이름표에는 '김영호'라는 이름이 박혀 있었다.

"구하기 엄청 힘들었다네. 요새 기증환자가 줄어서 말이야."

그는 무언가로 꽉 찬 보관실을 뒤적이다 작은 비닐 팩을 꺼냈다. 꾸물거리는 작은 덩어리가 들어 있는 비닐 팩은 매우 차가웠다. 그리고 힘을 주어쥘 때마다 부스럭거리는 소리가 났다.

"이 정도면 돼. 고맙네. 다른 사람들은 언제 오나?"
"다들 조금 늦을 것 같다고 하더군."

김 박사는 어깨를 으쓱였다. 초조한 듯 얼굴을 쓸어내리고 코를 한 번 훌쩍인 심 박사는 고개를 끄덕였다. 그리고 건네받은 비닐 팩을 트레이 위에 올려놓았다.

"그런데 자네 환자들은 이 일에 대해 조금이라도 알고 있나?"

"그럴 리가. 만약 그랬다면 내가 여태껏 의사 일을 할 수 있었겠나?"

"자네가 얼마나 딸을 생각하는지 알고 있네. 그런데 요즘 자넨 너무 도가 지나쳐. 누가 환자가 기증한 장기를 마음대로 이용하나."

"그래서 자네는 이게 정말 비윤리적인 행위라고만 생각하나?"

"당연하지. 이게 발각된다고 생각해 보게. 대한민국 전체가 뒤집힐 것이네."

걱정 어린 김 박사의 말에도 전혀 동요하지 않은 심 박사는 일어나 수술복을 챙기고 수술용 도구들을 정리하기 시작했다. 트레이 옆에 수술용 도구들을 가지런히 놓은 심 박사는 수술용 라텍스 장갑을 꺼내 손에 끼웠다.

"내 딸만을 위해서가 아니야. 국내에선 1명뿐이지만, 아무도 그 수가 늘어나지 않을 거란 걸 장담할 수 없네."

"……."

"해결책을 찾겠다고 연구를 한다 하더라도, 실제 장기를 모방한 요소들로는 한계가 있네. 그것들이 진짜 장기들을 대신해 줄 수는 없지 않은가."

"그래서 자네는, 장기를 기증한 환자들의 동의 없이 마구 남용하는 게 정당하고 말하고 싶은 건가?"

김 박사가 벌떡 일어섰다.

"정당을 넘어 정상이 아니라고 말해 주고 싶네."

"그건 자네도 마찬가지야. 날 쓰레기라고 욕하면서도 나의 요구를 지금까지 들어주었지 않나."

"그건……."

"그렇게 따지면 이 공간에서 정상인은 없어. 이 사실이 발각되면 나만 처벌을 받지는 않을 걸세."

"그건 알고 있어. 하지만 사건의 원흉은 전부 자네란 것만 알아두게나."

"분명 우리의 연구는 빛을 볼 거야. 난 이 병으로 고통받는 사람들을 돕고 싶어."

"정직한 의사 납셨군."

김 박사는 콧방귀를 뀌면서 퉁명스럽게 말하고는 수술복을 갈아입기 위해 옷장을 뒤적였다. 심 박사는 그제야 평온한 표정을 지으며 껄껄 웃었다. 자리를 소파로 옮겨 몸을 기댔다. 몸이 노곤해지며 바닥으로 가라앉는 느낌이 들었다. 심 박사는 잔뜩 무거워진 눈꺼풀을 닫지 않으려고 애썼다. 모든 것이 슬로우 모션처럼 느껴졌다.

"박사님! 성공이에요, 성공! 드디어 성공했습니다!"

얼마나 오래 잠들었는지. 들뜬 목소리에 눈이 퍼뜩 뜨인 심 박사가 급히 몸을 일으켰다. 아까의 음침한 지하실이 아니다. 밝은 방 안에 적당히 상쾌한 바람이 불었다. 벽지도 깔끔하고 천장에 가득 매달린 샹들리에들이 부딪쳐 경쾌한 소리를 냈다.

기쁨에 못 이겨 마구 춤을 춰대는 후배 의사를 지나친 심 박사는 저 멀리 보이는 흐릿한 잔상을 향해 뛰어갔다. 팔을 흔드는 자세와 스텝이 마구 꼬였다. 결국 그 앞에 다다른 그는 한 휠체어 앞에서 발이 꼬여 넘어졌다. 휠체어를 탄 조그만 아이는 그를 내려다보기만 했다.

"아빠, 나야. 소은이."

"소은이.? 소은이가 왜…… 휠체어에…… 침대에 안 누워 있구."

상황을 파악하지 못해 텅 빈 주변을 두리번대는 심 박사의 어깨를 아이가 두드렸다. 드디어 아이를 마주한 심 박사는 눈물이 주체하지 못할 정도로 흘러내렸다. 아이는 금방이라도 휠체어에서 뛰어내려 이 넓은 공간에서 뛰어다닐 수 있을 것만 같았다.

"소은아! 소은아. 드디어…… 드디어 내가 성공했구나."

"……."

"이런 순간이 찾아올 줄은…… 정말 꿈에도…… 꿈에도……."

"아빠."
"소은아……?"

"아냐. 이건 아냐."

놀란 심 박사는 덜덜 떨리는 손으로 휠체어에 얹어진 소은이의 손을 잡았다. 그러자 심 박사의 손이 닿은 부분이 죄다 회색빛으로 녹아내렸다. 천장에서 무너질 것 같은 소리가 나며 금이 가고 일부 파편들이 바닥으로 떨어졌다. 방금 전까지만 해도 타닥거리며 흔들리던 샹들리에들이 서로 엉킨 채 바닥으로 떨어졌다. 샹들리에에 박혀 있던 촛대와 유리 조각들이 사방으로 튀었다.

심 박사는 바닥에 주저앉아 몸을 웅크렸다. 심장이 마구 뛰고 식은땀이 목 뒤에서 줄줄 흘렀다. 휠체어는 바람 빠진 타이어처럼 뭉그적거리며 주저앉았다. 바닥으로 가라앉는 동안에도 아이의 표정에서는 일체의 변화가 없었다.

"아빤 정직한 의사가 아니야."

"사기꾼!"

마지막 말을 남기고 사라져 버린 암흑색 공간에서는 메아리처럼 나은이의 목소리가 울렸다. 소리는 점점 커졌고 나중에는 그 공간보다 커져 심 박사를 억눌렀다. 엄청난 공포가 심 박사의 목을 죄었다. 그 공포를 이겨 내기 위해 그는 미친 듯이 악을 썼다.

"박사님…… 박사님.! 일어나세요, 박사님!"

그가 눈을 떴다. 눈을 뜨자마자 미친 듯이 눈알을 굴리며 주변을 살핀다. 잠깐 전에 잠든 익숙한 실험실 내부 공간이 보였다. 그는 안도의 한숨을 내쉬면서 몸을 일으켜 세웠다. 건너편 화장실 유리에 물에 빠진 생쥐 꼴이 된 그의 모습이 옅게 비쳤다.

"무슨 악몽이라도 꾸셨어요? 안색이 어두우세요."

"신경 쓸 것 없네."

다들 어깨를 으쓱하며 마스크를 쓰고 옷매무새를 정리했다. 어째서인지, 오늘따라 실험대로 가는 심 박사의 발걸음이 무거웠다.

3
가장
소중한 것

소은이의 상태는 날이 갈수록 악화되었다. 어느 날은 밝게 웃고 진통제도 잘 맞나 싶다가도, 또 어떤 날엔 주사 바늘을 꽂는 것마저 괴로워했다. 발끝에서부터 시작된 병은 몸 전체를 뒤덮었다. 이제 소은이는 손가락 하나도 마음대로 움직일 수 없다. 소은이의 몸에서 살아 있다고 말할 수 있는 건 장기들뿐이었다.

소은이가 갇혀 있는 굳은 문 앞에서 심 박사는 매일같이 입술을 뜯었다. 초조해 미칠 지경이었다. 장기란 장기들은 죄다 해부해 보고, 의사로서 지켜야 할 법들은 어긴 지 오래다. 그러나 여전히 심 박사가 진행하는 연구는 진전이 없었다. 실험실에서 녹초가 된 몸을 질질 끌고 텅 빈 어두운 집에 홀로 앉아 있을 때면, 그는 딸의 아기 시절을 떠올렸다. 이런 일이 일어날 것이란 걸 상상할 필요도 없을 정도로 행복했던 때를.

가끔은 이 일을 벌인 것을 후회하기도 했다. 그럴 때면 그는 실험실을 죄다 허물고, 눈물과 함께 전 국민을 앞에 두고 자신이 벌인 만행을 고백하는 모습을 상상했다. 자신의 눈물을 거짓이라 칭하며 혐오하는 표정을 짓는 사람들. 생각만 해도 끔찍했다. 그는 고개를 세차게 저으며 뺨을 두어 번 때렸다.

"소은이를 위해서라면 포기해선 안 돼……. 이제 거의 다 왔어."

힘들 때마다 매번 되뇌던 말들은 서서히 딸을 보호하기 위해서가 아닌 자기 자신을 변호하는 말들로 변해 갔다.

"심 박사님."
여느 때처럼 늦은 밤에 문진을 마치고 진료실에서 서류 가방을 정리하던 심 박사는 자신을 부르는 목소리에 고개를 들었다.
"이정철 박사입니다. 저희 초면은 아니죠?"

"에예. 뭐."

며칠간 잠을 못 잔 상태라 굉장히 피곤했던 심 박사는 귀찮은 기색이 역력한 표정으로 답했다. 심 박사의 머릿속은 사소한 것들을 담을 공간이 더이상 남아 있지 않았다. 항상 다른 생각에 사로잡혀 있어서였는지, 그는 이 박사가 내민 손을 보지 못한 채 가방을 들고 일어섰다.

"따님 병을 고칠 수 있는 방도가 국내에 없다는 것 정도는 잘 아실 겁니다."

"……."

"저희 연구팀에서두 기술의 한계가 있습니다. 그래서 완쾌까지는 아니더라도 그나마 현 상황에서 호전시킬 수 있을 만한 치료법을 연구 중이고,

거의 개발 완료 단계에 있습니다."

"…… 그게 정말입니까?"

망가지는 상태를 막을 수 있다는 것만으로도 감지덕지였다. 치료법을 개발했다는 말에 심 박사의 눈이 번쩍 떠졌다. 여전히 내밀고 있던 이 박사의 손을 덥석 잡는 심 박사의 손이 덜덜 떨려왔다.

"미세 소관에 저희가 개발한 특수 물질을 주입하여 악성 종양의 발현을 완전히 차단시켜 버리는 치료법이죠. 이미 괴사된 조직들은 회복시키기 어렵겠지만, 적어도 지금까지 전이되지 않은 부분들은 살릴 수 있으니까요."

"사람한테 적용 가능한 겁니까? 안전해요?"

"미세 소관의 악성 종양만을 선택적으로 억제하는 원리입니다. 아직 사람에게까지 적용해 보지는 못했지만, 배양한 세포에 적용해 본 결과 효과가 있었습니다."

생명줄마냥 이 박사의 손을 부여잡고 있던 심 박사는 마지막 말을 듣고 손을 툭 떨어뜨렸다. 저 말은 즉, 실제 병을 갖고 있는 대상에게 적용하는 것은 소은이가 처음이라는 의미였다.

"소은이가 실험체입니까? 주면 주는 대로 맞히면 맞히는 대로 그냥 가만히 있어야 하는 실험체냐고요!"

"국내에선 한 명일 뿐더러, 외국의 사례도 흔하지 않아 찾기 어려운 상황이었습니다. 게다가 진행 속도도 엄청 빠른 상태라 아이가 견디지 못하는 상황까지 다다를 수도 있습니다."

"……."

"아이가 잘못되어 버리진 않을까 초조하지 않으십니까? 심 박사님도 연구 과정에 있다고 알고 있습니다만."

무의식중에 올려놓았던 연구 자료들을 봤음이 분명했다. 그러나 실제 연구 결과와 다른 내용들을 섞어 두었기 때문에 자신의 연구의 깊은 내용까지는 모를 터였다. 침착한 척 고개를 끄덕인 심 박사는 손수건을 꺼내 땀을 닦았다.

"안정성 검사는 지속적으로 더 진행할 예정입니다. 약 개발 후엔 병원 내 최고의 외과 전문의 분들이 수술을 집도할 예정이고요. 심 박사님이 더 이상 걱정할 필요는 없을 겁니다."

하고 싶은 말이 많았지만 하지 못했다. 당장이라도 멱살을 잡고 싶었다. 그 잘난 면상에 대고 당신이 그럴 권리가 있는지에 대해 캐묻고 싶었으나 손이 움직이질 않았다. 이 박사는 할 말이 끝난 듯 몸을 돌려 진료실 손잡이를 잡았다.

"동의하신 걸로 알고 이만 가 보겠습니다. 수술 일정이 잡히면 따로 알려 드리죠. 그 전에 혹시라도 마음 바뀌시면 제 사무실로 찾아오시면 됩니다."

그러나 심 박사는 그 말을 들은 다음 날에도, 다음 달에도, 일방적으로 잡혀 버린 수술 전날까지도 수술을 무르지 못했다. 몇 번이나 이 박사의 진료실 앞에 찾아갔고, 문을 두드리기 위해 손을 들었으며, 연구실에도 몇 번 얼굴을 비쳤다. 그러나 그는 직면할 용기가 없었다. 그는 딸아이를 찾아갈 용기도 없었고, 찾아가서 딸에게 무슨 일이 벌어질지 말해 줄 용기는 더더욱 없었다.

수술까지 남겨진 짧은 시간 동안, 심 박사는 지금까지 자신이 연구해 온 결과들을 모아놓은 자료 뭉치들을 모아 진료실 책상에 쌓아두었다. 연구해 온 결과에서 무엇이 문제였는지를 찾다 보면 병원 아래 칙칙한 공간에서 부족한 인력과 기술들을 충당하기 위해 쩔쩔매는 자신과 좋은 환경에서 모든 것들을 갖추고 순조로운 과정을 밟는 연구팀의 모습이 겹쳐 보였다.

그럴 때면 그는 손에 들고 있는 모든 것들을 찢어 바닥에 내던졌다. 그것들을 손으로 쓸어 모아 쓰레기통에 버리면서 그는 딸에게 떳떳하지 못한 자신에 대한 증오감과 자괴감을 떠올렸다.

애타는 마음과는 달리 시간은 모질게도 흘러갔다. 수술 당일, 그는 지나친 수술실을 차마 돌아보지 못했다. 그리고 뒤늦게 자신의 딸의 사망 소식을 전해 들었을 때, 그는 모든 것이 무너져 내리는 것을 느꼈다. 그가 오랜 기간 쌓아 올린 신뢰, 자신의 명예, 그리고 가장 소중하게 여긴 존재까지. 모든 걸 잃었다는 것을 그는 직감적으로 느꼈다.

에필로그

20XX년 X월 XX일 XX신문

모 대학 병원 내과 전문의 심 모 씨가 병원 내 기증 장기들을 사적 이익 취득에 악용한 혐의로 체포되었다. 심 모 씨는 약 3년 간 병원 내 연구팀과는 별개의 연구팀을 비밀리에 조직하여 운영해 온 것으로 알려졌다. 심 모 씨의 진술에 의하면 병원 내에 기증된 장기의 약 3%를 이용해 본 목적이었던 딸의 병 치유와는 무관한 연구 및 실험을 진행한 것으로 보인다. 평소 주변인들에 모범적 행실을 보인 심 모 씨가 직접 자신의 죄목을 자백해 더 큰 충격을 주고 있다.

----------------(중략)----------------

내가 감명 깊게 읽었던 책을 바탕으로 글을 써 보려고 나름 대로 노력은 했지만 다 쓰고 읽어 보니 서툰 부분도 많고 표현 하려고 한 만큼 표현이 많이 되지 않은 것 같아 아쉬웠다. 그래 도 책을 읽기만 하는 것이 아니라 직접 써 보면서 어떻게 하면 읽는 사람들에게 전달이 잘될지에 대해 생각해 볼 수 있어서 좋았던 경험이었다. 다음번에 기회가 된다면 참신한 소재를 이 용해 책을 써 보고 싶다.

만약 내가 죽는다면?

정문영

작가 소개

이름: 정문영

생년월일: 2002.7.24

혈액형: AB형

취미: 노래를 들으면서 드라이브 가기

좌우명: 48시간이 모자란 바쁜 사람이 되자

머리말

　나는 어릴 때부터 책에 흥미를 느끼지 않았다. 이유는 모르겠지만 고도의 집중력과 글을 이해하는 능력을 요구하는 독서가 나에겐 너무 어려웠다. 근데 이런 내가 관심 있게 본 책은 도시에서 죽는다는 것인데 이를 통해 죽음이라는 개념을 다시 생각해 볼 기회가 되었다. 그리고 죽음에는 여러 가지 이유가 있고 각각의 상황에 따른 죽음에 대해서 나타내 보았다. 죽음은 내가 원하는 때도 있지만, 생각지도 못한 상황으로 인해 억울하게 죽임을 당할 수도 있다. 각 상황에 따른 그때의 심정과 드는 생각을 생생하게 전달해 준다. 그리고 나뿐만이 아닌 그 주위 사람들의 감정들도 간접적으로 전해 줄 수 있다.

에필로그

1
세월은
흘러가고

내 나이 75세.

이제 이르다고 하면 이르고 살 만큼 살았다면 살았다고 볼 수 있다. 하지만 마지막이라고 생각하니 그저 아쉬움만 남을 뿐이다. 그동안의 나의 인생은 아름다웠다고 할 수 있는가 아니면 후회만 남은 인생인가? 엊그제 대학을 졸업하고 취업하여 내 가족들을 위해 열심히 일해서 돈 벌고 행복하게 살았던 것 같은데 자식들을 다 자신만의 집을 찾아가고 나의 남편은 이미 세상을 떠난 지 오래다. 4년 전 남편의 숨소리가 더는 들리지 않았을 때 상황을 생각하면 아직도 가슴이 철렁하다.

평소와 다를 게 없는 날, 남편과 침대에서 자고 일어나는데 무슨 일인지 남편이 아무리 깨워도 일어나지 않는다. 열심히 흔들던 내 손이 그만 탁 멈

취 버렸다. 뒤늦게 상황 파악을 하고 난 뒤 119를 부르고 자식들에게 전화했다. 사망선고를 받는 남편의 모습을 보면서 하염없이 눈물이 났다. 어쩔 수 없는 거고 어차피 다 겪게 될 일이라는 것을 알고 있었지만, 너무 갑작스럽다. 갈 때가 돼서 가는 건데 왜 이리 안타까운지. 남편의 시체만 쳐다본다.

그날의 슬픔은 절대 잊지 못할 것 같다. 만약 내가 죽는다면 나의 자식들도 나처럼 잊을 수 없는 슬픔을 겪겠지. 세월을 막아 보고 싶지만 절대 막을 수 없다. 앞으로 그냥 남은 세월 동안 내가 최대한 많은 걸 해 줄 수 있기를 바랄 뿐이다. 있을 때 잘해야 한다는 말이 있듯이 꼭 뒤늦게 못해 준 기억만 남아 후회를 만든다. 하지만 아무리 후회를 하고 시간을 되돌리고 싶어도 시간은 야속하게 흘러갈 뿐이다. 계속 흘러가는 시간 속에서 죽음을 기다리는 나는 최고의 마지막을 보내기를 바란다. 답답하고 꽉 막히고 알코올 냄새가 진동하는 병원이 아닌 풀과 나무를 어우러진 숲을 걸으면서 마음에 공간을 내주고 싶다. 비록 남편이 떠나 홀로 남았지만 자랑스러운 자식 덕분에 그나마 외로움을 덜 느낀다. 나에게 자식은 그 어떠한 말로도 나타낼 수 없는 아주 소중한 존재이다. 남편이 떠나고 급격히 건강 상태가 나빠져 병원에 입원하게 됐을 때 난 사실 걱정이 많았다. 괜히 나 때문에 자식들만 피곤해지고 귀찮아할까 봐.

하지만 나의 예상과는 다르게 자식들은 아버지를 보낸 지 얼마 되지 않아 충격이 아직 많이 남았는지 나만큼은 그렇게 쉽게 보내려고 하지 않으려는지 각종 검사와 수술을 의사에게 부탁했다. 애써 흐르는 눈물을 참으며 의사에게 부탁하는 모습을 보니 자식 하나는 잘 키웠다고 생각이 들었다. 그렇게 자식들의 지극정성인 간호 때문에 호전되어 퇴원하고 집 가는 길에 딸의 "엄마, 맛있는 거 먹자." 이 한마디가 엄청난 방어벽 같아서 기분이 나쁘지 않았다.

나는 어릴 때부터 죽는다는 게 이상했다. 그리고 만약 죽는다면 현실에서 흔히 말하는 저승이 있을까 혹은 또 다른 세계에서 새로운 삶이 시작되는 걸까? 궁금했다. 또 나는 절대 죽을 것 같지 않았다. 무슨 근거인지는 모르겠지만 그냥 그렇게 생각이 들었다. 그래서인지 지금 이 사실이 더욱 믿기지 않고 이상하다.

오랜만에 검진을 받기 위해 병원을 방문했다. 하지만 진료실을 나온 뒤 나는 돌로 머리를 맞은 듯했다. "폐암입니다."라는 한마디에 내 마음속 깊이 무언가가 올라왔다. 예상치 못해서 더 당황스럽고 사태 파악이 안 됐다. 과연 이게 진짜일까? 단순히 폐암이라는 사실에 놀란 게 아니다. 의사의 뒷말이 나를 충격 주기에는 충분했다.

"이제 서서히 마음의 정리를 하시는 게 좋을 것 같습니다."
마음의 정리라니 난 그것이 뭔지 모르고 어떻게 하는지 모른다. 겨우 정신을 차리고 세상을 봤을 땐 참 밝고 환했다. 병원을 나오니 아무 일도 없었다는 듯이 평화롭다.

난 암 선고를 받고 나왔는데 하늘이 이렇게 화창해도 될까 싶고 괜히 원망스럽다. 또 한편으로는 내가 진짜 곧 죽는다고? 계속 나 자신에게 의미 없는 질문만 한다. 이 사실을 어떻게 자식들에게 전할지 벌써 눈앞이 캄캄했다. 너무나 사랑스러운 우리 자식들에게 이렇게 슬픈 소식을 전하고 싶지 않았다. 절대 전할 수 없다. 남편이 갑자기 세상을 떠나 아이들이 말할 수 없는 슬픔을 견뎌 냈던 것이 아직도 잊히지 않는다. 또다시 그런 상처를 주는 게 가슴이 찢어질 것 같고 대신 차라리 내가 아팠으면 좋겠다는 생각이 든다. 하지만 이제 나는 사는 날이 얼마 남지 않았고 몇십 년을 살아왔지만, 후회가 남지 않도록 정말 잘 살았다는 추억을 남기기 위해 의미 있는 마지막을 보내려고 한다.

거의 반평생을 돈을 벌고 자식들을 키운다고 못 가 본 여행을 갔다. 달리는 차 안에서 바닷가를 보면서 공기를 맡으니 상쾌했다. 왜 이제 왔을까 라는 아쉬움이 들 정도로 나의 마지막 여행은 그 어느 여행보다 최고가 되었고 가장 생생한 여행이었다. 비록 남편이 없는 혼자였지만 이 추억을 흠나지 않게 곱게 들고 가 남편과 공유할 생각이다. 나이가 든 후 몸이 좋지 않아 나의 일이자 몫이었던 집안일을 거의 못했는데 마지막인 만큼 나의 몫을 마무리해야겠다는 생각에 집안일도 열심히 했다. 깨끗해진 집안을 보니 뿌듯하면서 뭉클했다. 당연하던 집안일도 마지막이라고 생각하니 이것보다 허무할 수는 없었다. 어릴 때부터 난 수능을 안 칠 것 같았고 어른이 되지 않고 취업도 못할 것 같았다. 근데 벌써 암을 선고받고 죽음을 기다리는 처지라니 도무지 믿기지 않고 꿈같다. 그리고 난생처음으로 인생이 원래 이렇게 빨리 끝나는 것인가? 생각한다. 이제 오늘 밤 난 깊게 잠이 들면 저세상에 가 있을 것이다. 남편이 날 마중나와 반겨줄 것이다. 그리고 자식들은 차갑게 식은 내 시체를 보면서 또 한 번 견딜 수 없는 슬픔을 겪을 것이다. 이제 더는 내가 해줄 수 있는 건 없다. 그 사실이 나를 참 쓸쓸하게 만들었다.

2
억울한
죽음

오늘은 나의 생일이다. 그래서 그런지 어느 때보다 기분이 좋다. 12시가 되자 날아오는 친구들의 생일 축하 메시지도 나에겐 의미가 더욱 컸다. 생일을 기념하여 친구들과 오랜만에 만나 놀기로 하였다. 잦은 비행 탓에 친구들을 못 본 지가 오래됐는데 오랜만에 볼 생각을 하니 설렜다. 같이 만나서 맛있는 밥도 먹으면서 그동안 못한 얘기를 털어놓는 소소한 재미를 느끼며 보내니 힐링하는 기분이었다. 밥을 먹고 볼링도 치고 예쁜 카페로 마무리하는 최고의 하루였다. 내 생일날 알차게 놀아서 기분이 너무 좋았다. 이게 마지막이 될 줄도 모르고 친구들과 신나게 놀고 난 후 집으로 가는 길이었다. 새벽이다 보니깐 횡단보도도 꺼져 있고 차 한 대조차 지나가지 않는 도로 길을 이어폰을 꽂고 노래를 들으면서 분위기를 느끼면서 길을 건너가고 있었다.

하지만 난 길 건너는 도중에 차에 치여 버리고 말았다. 나의 몸은 내 의사와는 상관없이 저 멀리 튕겨 나갔다. 너무나도 갑작스러운 사고에 몸이 튕겨 나가면서 당황을 했다. 머리로 떨어지고 아스팔트에 몸이 쓸렸다. 그렇게 난 정신을 잃었다. 차 주인이 다급하게 119에 전화를 하고 내 핸드폰에 있는 부모님에게 연락을 돌렸다. 구급차를 타고 급하게 실려서 갔고 병원에 도착해 진단을 해 보니 상태가 심각하다고 한다. 머리를 다쳐서 자치 잘못하면 사망까지 갈 수 있다고 한다. 혹은 결과가 좋아도 최대 식물인간이라고 하셨다. 그 말을 들은 친구, 가족들은 동시에 눈물을 터뜨렸고 하염없이 눈물 소리만 들리는 병실 안이었다. 그 적막함 속에서 들려온 나의 앓는 소리.

앓는 소리를 왜 내는 것일까 너무 억울해서? 아직 죽음을 받아들이기엔 겁이 나서? 여러 가지 의미를 나타내는 앓는 소리에 주변 사람들은 더욱 불안해한다. 시간이 지나고 의사 선생님이 상태를 확인하기 위해 다시 병실을 찾아왔다. 다행히 아직 큰 이상은 없지만, 호전 가능성도 없어 보인다는 말에 가족들과 친구들은 또다시 절망한다. 과연 일어날 수는 있을까 다시 얼굴을 마주할 순 있을까 싶은 불안감에 떨면서 묵묵히 바라만 볼 뿐이다.

수술 날짜인 다음 날이 되었다. 조용히 잠든 상태로 수술실을 들어가는 상태를 보니 더욱 걱정만 된다. 이 수술이 끝나고 나면 너와 다시 예전처럼 지낼 수 있을까? 지극히도 평범한 일상 대화를 나눌 수 있을까 아니면 이게 마지막이 될 수도 있을까? 오만가지 생각이 들면서 수술실로 들어가는 모습을 묵묵히 지켜볼 뿐이다.

수술이 어려운지 시간이 오래 걸렸다. 점점 불안감은 커졌다. 이제는 그냥 무사히 수술실만 나오길 바라는 심정이다. 기다림이 계속 이어지고 열리지 않을 것만 같던 수술실 문이 열리고 드라마에서 흔히 보던 장면처럼 의사 선생님 혼자 심오한 표정을 지으면서 나오셨다. 가족들은 달려가 수술 결과를 묻기 바빴고 의사 선생님은 한숨을 쉬며 충격적인 말을 전한다.

"지금 이 환자분은 뇌사 상태입니다."

그 말을 듣자마자 머리를 돌로 맞은 듯했다. 뇌사라고? 차에 치여 비록 운 안 좋게 머리로 떨어졌지만, 그것 때문에 거의 죽는 지경에 이르렀다는 게 말이 되지 않았다. 모든 게 거짓말 같고 꿈 같았다. 애써 진정되지 않는 마음을 추스르고 병실에 들어가 봤다. 이 상황을 꿈에도 모른다는 듯이 곱게 누워 있는 모습을 보니 눈물이 나온다. 아무리 참는다 해도 나는 이미 그 사실을 받아들였는지 눈물이 도무지 멈추지 않았다. 어제 오랜만에 만나서 너무 좋다고 호들갑 떨고 즐거운 생일날을 보내던 애가 갑자기 한순간에 뇌사 판정을 받았다. 그 누구보다 자기 꿈을 위해 열심히 노력하고 그 꿈을 이룬 날 가장 행복한 얼굴로 날 마주하고 그렇게 자기 일에 누구보다 집중하면서 열심히 살아갔는데 행복한 날에 이렇게 돼버렸다. 그냥 세상이 원망스럽고 그게 왜 하필 친구일까 생각이 들었다.

그렇게 홀로 수많은 생각을 하고 있는데 의사가 이렇게 말했다.

"근데 저 혹시 장기 기증은 어떻게 하실 건지……?"

도대체 어떻게 해야 하는 걸까. 갑작스러운 뇌사 판정에 정작 본인의 어떠한 의사는 전혀 포함되지 못하고 오로지 가족 등의 선택에 달려 있다. 과연 친구는 이런 상황에서 어떤 결정을 하자고 했을까? 평소에도 밝고 활력이 넘치는 친구였기의 뭐든지 긍정적인 반응을 보일 것 같았다. 며칠을 고민한 후 가족들은 장기 기증을 하는 쪽으로 결정을 내렸다. 절대 쉽지 않은 결정이었을 것이고 좋은 일이라 해도 마음이 편하지 않을 것이다. 하지만 분명 친구는 자기는 괜찮다고 잘했다며 얘기해 줄 것 같았다.

며칠 뒤 장례식을 치르고 진짜로 떠나보낼 준비를 하니 마음이 착잡하고 뭐가 그렇게 바쁘다고 자주 만나주지 못했는지 그동안 못해 준 것만 생각나 너무 미안했다. 남에게 희생정신이 크던 내 친구는 어느 날 가장 행복한 날을 보내고 있는 도중 다시는 일어나지 않았으면 하는 사고로 뇌사 판정을 받고 세상을 떠났지만, 마지막까지 남에게 도움 되는 일을 함으로써 이번 생을 잘 마무리했으면 좋겠다. 비록 너무 억울하게 예쁜 나이에 세상을 떠났지만, 누구보다 멋진 인생을 보냈다고 생각한다.

3
최선의 선택

높은 빌딩 위에서 밑에를 한참 내려다본 뒤 결국 결심을 한다. 떨어지자마자 주변 동네 분들의 신고로 구급차가 오고 난리였다. 도대체 왜 그런 선택을 했는가? 그런 극단적인 선택을 해야 하는 이유가 있었을까?

나는 어느 학생과 다를 게 전혀 없는 평범한 고등학생이었다. 평소에 나는 가족 관계도 좋고 친구와도 사이가 좋았다. 겉으로 봐선 어떠한 고민도 가지고 있지 않을 것 같은 내가 자살을 결심한 이유는 희망이 보이지 않았기 때문이다.

중학교를 졸업하고 고등학교 생활을 보내고 있을 때 심리적으로 아주 힘들었다. 고등학교 생활이 힘들다는 사실을 알고 있음에도 불구하고 막상 접해 보니 모든 게 처음이라 당황스럽고 그래서 더 힘들었던 것 같다. 시험이 있고 시험이 끝나면 다 끝난 줄 알았지만, 각종 수행평가가 밀려오고 선생들은 끊임없이 무언가를 우리에게 시킨다. 이렇게 스트레스가 점점 밀려왔다. 집, 학교, 학원, 독서실로 마무리하는 이 반복적인 일상이 무료하고 주말도 학원에게 반납하, 공휴일이 시험 기간과 겹치는 날에도 무조건 반납이다. 나는 부모님들이 흔히 말하는 "학생 때가 제일 좋은 거야."라는 말이 두렵다. 지금도 힘든데 어른이 되면 이것보다 더한 건가 싶은 생각이 들 때면 정말로 희망이 보이지 않는다.

이 사실을 부모님에게 말하면 "너만 그런 것이 아니다. 학생이라면 다 겪는 것이다."라고 말씀하신다. 나만 힘든 것이 아니라는 것을 알고 견뎌 보려고 했지만 힘들고 지치는 건 지치는 것이다.

나의 고민은 그냥 쓸데없는 사춘기에 불과했고 그 뒤로는 내 고민이 웃겨 보일까 봐 쉽게 털어놓을 수도 없었다. 그렇게 나 혼자 매일 내일은 지금보단 낫겠지 라고 생각하면서 버틴 게 벌써 1년이 넘었다. 하지만 전혀 달라진 건 없었고 오히려 앞으로 다가올 미래가 두려워지기 시작했다. 내 나이가 고등학교 2학년이고 내년이면 벌써 수능이다. 난 아직 수능을 칠 준비가 되지 않았다. 마음의 정리가 되지 않았는데 이렇게 시간이 지나면 난 어떠한 것도 돼 있지 않을 것 같았다. 그게 너무 무서웠다. 그리고 수능 치기 전까지도 수많은 고난이 남았다고 생각하니 참담했다. 앞으로 어떻게 해야 하는지 라고 물어보면 그냥 공부만 꾸준히 열심히 해야 한다는 답밖에 나오지 않는다는 걸 나 자신이 가장 잘 알았다. 답을 아는데도 불구하고 마음속 어딘가에 있는 답답함은 풀리지 않는다. 수학 문제같이 풀고 오히려 속이 시원해져야 할 것 같은데 전혀 그렇지 않다. 답을 아는데도 이렇게 답답한 적은 처음이다. 지금 이 시기가 지나면 나아질까?

이제는 전혀 아닐 것 같다는 생각이 든다. 그래서 내린 결정이 이거였던 것 같다. 남들이 보면 어리석고 세상 힘든 일 자기가 다하고 산다고 생각할까 봐 두려웠고 그래서 이 결정이 차라리 더 나은 결정이라고 생각한 것 같다.

구급차가 오고 동네에 소란이 피워진다. 급하게 이송을 하고 병원에 도착했다. 이미 피는 철철 흐르다 못해 넘쳐흐르고 몰골은 끔찍하다. 이 모습을 보는 우리 가족들은 갑작스러운 선택에 가장 의문이 들 것이다. 항상 웃음이 많고 밝은 아이였는데 가끔은 철딱서니가 없지만, 그 누구보다 성숙하고 마음이 깊은 아이였는데 왜 이런 극단적인 선택을 했는지······.

상태는 심각했고 살 가능성이 거의 사라져 갈 때 나는 마침내 눈을 감았다. 어쩌면 다시 깨어나지 않았다는 안도감을 느끼며 편안하게 눈을 감았을지도 모른다. 장례식을 치르고 겨우 힘들게 나를 보낸 후 가족들은 집에 도착해 나의 짐을 챙기면서 편지 한 장을 발견했다. 거기에는 빼곡하게 글씨가 쓰여 있었고 가족들은 그것을 읽어 보았다.

TO. 우리 가족들

지금쯤이면 이 편지를 보고 있을 것 같은데 이 편지를 보고도 너무 슬퍼하지 않았으면 좋겠어. 갑자기 왜 이런 선택을 했는지 이해가 가지 않을 텐데 난 그냥 이번에는 기나긴 삶을 살기에는 나 자신이 너무 약한 존재인 것 같아서 더는 버틸 수 없을 것 같아서 무서워서 그랬어.

항상 엄마, 언니, 아빠 모두 나한테 힘이 되고 같이 있으면 재밌는 즐거운 그런 존재였음에도 불구하고 난 이렇게 도망을 치네. 너무 미안해.

가족들은 모두 내가 잘 지내고 뭐든지 잘 알아서 할 거라고 생각하기 때문에 그 기대를 무너뜨리고 싶지 않았어. 그래서 더 이런 나의 상황을 말하기가 겁났고 절대 말할 수가 없었어. 이것 때문에 자기들 탓이라고 자책하지 않았으면 좋겠어. 이건 어디까지나 내가 한 선택이고 우리 가족들 때문에 이만큼이나 버틸 수 있었어. 고마워.

공부도 못하고 자란 하나 내세울 게 없는 이 못난 딸을 그동안 돌봐 주셔서 너무 감사했습니다. 건강히 오래오래 살다가 나중에 꼭 만

낳으면 좋겠어.

그리고 하나밖에 없는 우리 언니, 사실 표현은 못했지만 다른 집 그 어떠한 언니가 부럽지 않을 만큼 나한테 최고의 언니였어. 성질도 나쁘고 못된 이 동생이랑 잘 놀아 주고 챙겨 줘서 너무 고마워. 언니랑 있을 땐 유일하게 아무 걱정, 생각 없이 많이 웃었던 것 같아. 마지막 인사를 편지로 하게 돼서 너무 미안해.

엄마, 커서 어른이 되면 돈 많이 벌어서 호강시켜 준다는 약속 못 지켜서 정말 미안하고, 언니, 내가 성인 되면 같이 놀러 다니고 술 한 잔도 같이하겠다는 약속 못 지켜서 미안해. 그래도 너무 힘들어하지 말고 보는 내가 뿌듯할 정도로 내 몫까지 행복하게 잘 지냈으면 좋겠어. 난 다시 태어나도 우리 엄마, 아빠의 딸로 우리 언니의 동생으로 태어나고 싶어. 너무 사랑해.

편지를 읽고 한동안 그 누구도 말을 꺼낼 수 없었다. 가족이 돼서 딸이 이렇게 깊은 고민을 하고 있었는데 전혀 모르고 있었다는 사실이 가슴이 찢어질 것 같다. 돈 몇 푼 더 벌겠다고 함께 해 준 게 얼마 되지 않는 걸 생각만 하면 미칠 듯이 후회된다.

한때 친구보다 나랑 노는 게 더 좋다는 딸을 보며 물었다. "엄마랑 노는 게 더 좋아?" 당연하단 듯이 고개를 끄덕이는 딸. 다시 한번 "왜?"라고 물으니 "친구랑은 언제든지 놀 수 있지만 엄마랑은 언제 다시 놀게 될지 모르잖아!" 너무나 예쁜 딸이었고 최고의 딸이었다. 미안한 마음에 눈물만 나온다. 앞으로 어떻게 살아가야 할지 모르겠고 눈앞이 캄캄했다. 과연 내가 이 평범한 일상을 다시 살아갈 수 있을지 전혀 모르겠다. 하지만 우리 딸이 자책하지 말고 행복하게 살아 달라니까 그거라도 지켜줄 수 있도록 해야겠다. 우리 딸의 마지막 소원을 꼭 지켜주도록 해야겠다.

너무나도 예쁜 우리 딸아, 다음 생에는 너에게 더 신경을 써 줄 수 있는 엄마가 되도록 할게. 너무 미안해 딸아. 이 못난 엄마를 잘 따라 줘서 고마워. 항상 힘든 엄마의 모습을 보고서는 엄마의 기분을 풀어 주기 위해 애교를 부리고 장난치는 너의 모습에 엄마는 너에게 기대기만 했나 봐. 너도 너만의 고민이 있을 줄은 모르고. 다음번엔 이 엄마가 너한테 더 신경 쓰고 우리 딸 힘든 일 없게 하도록 노력할게. 엄마 딸로 태어나 줘서 너무 고마워. 사랑해.

사람은 누구나 죽는다. 그게 의도치 않은 사고든 자신의 선택이든. 근데 그런 죽음을 누가 과연 올바르고 가치 있는 죽음이었다고 말할 수 있을까? 물론 원해서 혹은 원하지 않는데도 불구하고 죽음을 맞이할 수도 있다. 하지만 그것도 어떻게 보면 자신의 운명이고 뜻이 있을 테니 더는 두려워하지 않았으면 좋겠다. 그리고 마지막에는 후회가 없는 삶을 살았다고 생각할 수 있으면 좋겠다.

에필로그

―

　금요일마다 하는 꿈끼 수업을 통해 처음으로 책을 써 보았다. 처음에는 무슨 내용을 써야 할지, 어떻게 시작해야 할지 도무지 감이 오지 않아 어렵고 부담스러워졌다. 그래서 읽던 책 내용을 참고하여 제목 그대로 만약 내가 죽는다면이니깐 그동안 내가 생각하고 느꼈던 감정들을 위주로 솔직하게 보여 주려고 하였다. 그리고 한 번씩 "죽고 싶다."라는 말을 사용했었는데 그럴 때마다 내가 진심으로 느끼는 감정을 글로 써서 보니 기분이 이상했고 부끄럽기도 했다. 그래도 책을 써 봄으로써 내 감정이나 생각들을 더 깊게 해 볼 수 있어서 좋았다.

엄마의 엄마

엄마의 엄마

박서연

작가 소개

2002년 11월에 빛날 '서' 꽃부리 '영'이라는 이름을 가진 내가 태어났다. 대구 생활 18년째인 나는 명절에도 외할머니집이 집 5분 거리에 있어서 대구를 벗어나는 횟수가 드물다. 어릴 때부터 귀가 찢어 질 듯한 신나는 노래를 듣기 좋아했다. 그것을 내 친구들, 할머니까지 공유하며 즐기는 것을 좋아할 정도로 할머니와의 접촉이 많았다. 에게 까지 자랑스러운 딸, 손녀가 되는 것이 최종적인 꿈이다.

머리말

———

안녕히 계세요-

유치원 하원 버스에서 선생님께 인사를 하고 내려오는 아이 그리고 그 아이를 반겨 주는 몸빼바지 할머니. 얼마 전에 학원을 가다가 아이와 할머니를 보고 12년 전이 많이 생각났다. 12년 전이라고 해도 겨우 6살 때 얘기지만. 초등학생 때 학교를 마치면 반지하 할머니 집에서 시원한 바람을 맞으면서 할머니와 저녁을 무엇을 먹을지, 저녁 먹고 나서는 무엇을 하고 놀지 고민한 경험이 있는 친구들은 내 주위에 몇 명이나 될까? 초등학교를 마치면 항상 묻곤 했다.

"서영아, 어디 가?"

"아, 나 할매집."

"또 가?"

친구들은 매번 내 답변에 의문을 품는다. 그럴 때마다 일부러 더 큰 소리로

"응. 나 또 가."

라고 답한 기억이 많이 난다.

할머니와의 추억을 회상하는 날에는 그 하루가 끝날 때까지 계속 함머니 생각만 하게 된다.

에필로그

1. 2019년
2. 나이 든 친구를 얻는다는 것
3. 친구와 걷는 가파른 언덕과 맞닥뜨린 낭떠러지

1
2019년

2019년, 어딜 가나 사람들은 항상 바쁘다.

각자가 정한 목표를 이루고 성공적인 삶을 살기 위해서 한곳만 보고 달린다. 주위에 신경 쓸 겨를도 없이 계속 달린다. 뒤처지는 사람은 계속 넘어지며 그 달리기에서 소외된다. 다 그런 것은 아니겠지만 일반적으로 발을 움직여 가며 계속 달리는 사람은 많아야 50대 사람들까지. 그 이상 연령 사람들은 항상 뒤처지고 만다.

우리 가족의 모습만 봐도 2019년을 알 수 있다. 엄마 아빠는 항상 정신 없었고 할머니는 바쁜 부모님을 대신해 날 돌보았다. 나와 같이 지내면 할머니는 사회에서 그리고 주위사람들에게서 소외받지 않은 거라 생각했다. 항상 우리 할머니는 예외적인 경우라고 생각했다. 하지만 내 생각이 틀렸던 것이다. 할머니는 항상 젊은이들 사이에서 눈치를 보며 살고 계셨고, 할머니 같은 노인네가 이 사회에 살아가는 것이 다른 사람에게 민폐가 되지 않을까라는 생각까지 하고 계셨다. 2019년 냉랭한 시대 모습이 한 노인의 생각을 차갑게 식혀 놓았다. 얼마 전 고령화 사회에 대한 내용이 뉴스에 나왔다. 학교에서 보는 교과서에서만 볼 수 있는 누구나 행복하게 살아갈 수 있는 고령화 사회. 나라는 항상 노력하고 있다고 말했고 할머니는 한숨을 쉬었다. 단지 국가의 이미지를 향상시키고 싶어서 이런 뉴스를 내는걸까, 할머니와 나의 생활은 왜 달라지는게 없는걸까 라는 의문이 생긴 그날 밤은 눈 뜬채로 밤을 보냈다.

할머니께서는 지병이 있으시다. 어떠한 약이나 치료로도 고칠 수 없었다. 그런데 할머니의 병은 과연 불치병이 맞는 것일까? 할머니께서 병을 앓고 있다는 사실을 알았을 때부터 지금까지 할머니의 병은 불치병이라고 합리화하듯이 외워 왔지만 할머니께서는 이때동안 병을 고치는 데 효과 있는 약을 복용하거나 치료를 받지 못하셨다. 어떻게 보면 할머니의 병은 무관심한 나머지 가족들에 의해 진단이 잘못 내려진 병일지도 모른다. 회사일로 바쁜 부모님은 할머니의 병원비를 내주시긴커녕 얼굴도 비추지 않으셨다. 나마저도 부모님을 안 뵌 지 한 달이 다 되어 간다. 친구들이 부모님과 가족여행을 갔다 왔다고 자랑을 할 때 아무렇지 않은 척했지만 엄마와 아빠의 품이 그리웠다. 우리 가족은 꼭 누군가가 불행하고 아파야만 하는 걸까? 다 같이 행복하게 살 수는 없는 걸까? 사회에게서 외면당할 뿐만 아니라 가족에게서도 버림받은 듯한 기분이 든 나는 할머니와 손을 잡고 집 근처 호숫가에 돌탑을 쌓으며 둘만 아는 소원을 빌었고 우리의 소원 돌탑은 그렇게 탄탄한 받침돌이 놓아졌다.

어느 날 할머니와 나 2명이 사는 조촐한 집에 초인종이 울렸다. 매주 금요일마다 집에 와서 할머니의 약을 챙겨 주시는 민희 언니가 오셨다. 아주 특별한 가족이 온 것이었다. 민희 언니는 삭막한 요즘 모습과 달리 따뜻한 사람이었다. 나이는 우리 엄마 뻘이었지만 나의 외로움 탓일까 아님 내가 외동인 탓일까 자연스럽게 '언니'라는 호칭이 붙여졌다. 나뿐만 아니라 할머니께서도 딸을 맞이하듯이 환한 표정을 지으시며 배고프진 않으냐고 물으셨다. 민희 언니는 우리의 정보통이었다. 높은 오르막길 위에 집이 있던 탓에 신호가 잘 연결되지 않아서 재미있는 tv프로그램도 보기 힘들었다. 하지만 언니가 오는 날은 한 주 동안 쌓였던 재밌던 바깥소식들을 듣는 날이었다. 전해 듣는 세상의 이야기들은 몽글몽글하고 재밌기도 했지만 한편으로는 냉랭한 분위기에 두렵기도 하였다.

할머니와 내가 살아가는 모습을 학교 미술시간에 우연히 마주쳤다. 학교 미술시간 준비물이었던 하얀 스케치북 첫 페이지에 실수로 검정색 물감을 엎질렀고 스케치북은 순진하게 너무 하얀 탓에 내가 손쓸 새 없이 검게 물들었다. 마치 할머니와 내 모습과 비슷했다. 아무것도 모르고 그저 순수하게 행복하게 살길 원하는 우리는, 나라로부터 사회로부터 검정색 물감이 많이 묻혀지고 있다. 아무도 관심을 가져주지 않았지만 할머니와 나는 높은 오르막길 위에 있는 우리에게도 어떠한 것이든 당당하게 말할 수 있는 기회가 올 것이라고 믿으며 2019년을 보냈다. 누군가가 먼 훗날 나에게 제일 돌아가고 싶은 날이 언제야? 라고 묻는다면 망설임 없이 2019년을 맞이하기 직전인 2018년 12월 31일이라고 말할 것이다.

2
나이든 친구를
얻는다는 것

아무 생각 없이 노는 게 제일 좋았던 시절엔 놀이터가 거의 모든 아이들의

'제 2의 집'이라 할 정도로 학교 근처 놀이터는 아이들로 북적거렸다. 하지만 나는 그곳을 그저 바라보며 지나칠 뿐 내 발걸음은 언제나 집으로 향했다.

왜일까? 놀이터에서 친구와 하는 소꿉놀이보다는 할머니와 하는 공기놀이가 더 재밌었고 놀이터에서 모래장난을 하는 것보다 집 앞마당에서 할머니와 두꺼비집을 만드는 것이 날 더 행복하게 만들었다. 두꺼비집과 맞바꾼 흙과 모래로 더러워진 내 손을 보시고 할머니는 나를 화장실로 데려가 손을 씻겨 주셨다.

"영원히 우리 손녀 손을 씻겨 줄 수 있다면 정말 좋을 텐데 말이지".

항상 두꺼비집을 만들었던 날에 하시는 말씀이다. 또래 친구들처럼 "화장실 같이 갈래?"라며 우정을 나누기는 하지만 내 나이든 친구는 항상 이런 시간과 기억들이 언젠가는 사라지고 없어질까 봐 두려워한다. 전에는 할머니 말씀에 "당연하지. 할머니는 항상 내 옆에 있을 거잖아."라고 답해 드렸지만 시간이 지나서는 그냥 말없이 안아드리는 것으로 대답을 대신했다. 어떠한 말 몇 마디보다 더 좋은 답변이라고 생각했기 때문이다.

우리는 학교 같은 반 친구처럼 자신의 고민을 털어놓기도 했다. 하지만 할머니는 고민이 없으셨던 걸까, 학교에서 일어났던 중대한 일을 말하는 나와 달리 사소한 것들을 물어보셨다.

"이 옷에 단추를 푸는 게 고와보이니?"

"오늘 산책은 몇 바퀴를 도는 게 좋을까?"

이러한 질문이 연속될 때만 해도 나는 할머니께서 고민 없는 편안한 삶에 만족하고 계시는 줄 알았다. 하지만 달이 유난히 동그랗게 빛났던 날, 평소에 내 주위 친구들에게는 한번도 못 들어봤던 난이도 있는 할머니의 고민이 나에게 도착했다.

"내가 살아가는 게 젊은이들에게 폐가 될까? 할머니는 한번씩 젊은이들의 생각이 궁금해. 그 사람들은 할머니에 대해 어떻게 생각하고 있을까? 우리 손녀는 할머니보다 곱고 젊으니까 알지 않아?"

귀에서 삐- 소리가 들렸고 아무 생각이 들지도 않았다. 솔직히 어떤 대답을 해드리지? 라기보다는 할머니가 왜 이런 생각을 하시고 왜 이런 고민을 갖고 계시지? 라는 생각밖에 들지 않았다. 어디 장을 보러 가서 젊은 상인들에게 안 들어도 될 말을 들으신 건가, 친구의 불행에 정의를 가지고 대신 나서서 싸워 주는 옆집 유치원생 나은이가 떠올랐다. 어느새 나도 나은이가 되어 있었다. 누군가 할머니에게 상처를 준 게 분명하다는 생각에 마음이 좋지 않았다. 무슨 일 있었냐고 여쭤 보고 싶었지만 나에게 말해 주는 과정에서 기분 안 좋았던 일을 괜히 회상하게 되는 계기만 될까 봐 여쭙지 않고 그저 할머니의 눈을 바라보며 말씀드렸다.

"우리가 살고 있는 여기에서는 젊은이들만 있어서는 안 돼. 할머니와 할머니 친구들이 젊은이들을 통해 신문물을 배우고 현대문명을 알아 가듯이 젊은이들도 할머니가 가지고 있는 지식과 예의를 배워야 해. 누가 폐가 된다 그래? 그런 생각 하지 마. 나 있잖아. 할머니 말처럼 할머니보다 젊지만 걱정과 달리 난 우리 할매 엄청 존경해."

대답을 잘한 건가하고 내가 했던 말을 곱씹던 와중에 할머니는 눈물을 흘리셨다. 예상치 못한 눈물이었다. 아무래도 내 친구가 내 대답이 마음에 들었나 보다. 할머니의 고민이 해결된지는 알 수 없었지만, 할머니의 눈물이 모든 것을 설명해 주었다.

나이든 친구를 얻는다는 것은 참으로 특별한 일이다. 여름에는 마루에 앉아 시원한 수박을 먹고 겨울에는 따뜻한 방 안에서 국화빵을 함께 먹는다. 눈이 종아리까지 쌓이는 날에는 함께 눈사람을 만들며 그 어느 때보다 더 따뜻한 겨울을 보냈다. 같이 온 동네를 뛰며 눈싸움을 할 수는 없었지만 말이다. 그해 겨울은 유난히 따뜻했고 길었다. 너무 따뜻했던 탓인지 눈을 목 빠지게 기다리고 있었던 뒷산에 사는 고라니 생각을 못한 채 할머니와 나는 눈을 다 녹여 미끄러운 빙하 길을 만들었다. 눈앞에 펼쳐진 아찔한 빙하 길을 아무 말 없이 쳐다보았다. 시간이 지나 미끄러운 빙하 길이 그 길을 만든 장본인에게까지 영향이 끼칠 줄 모른 채 말이다.

3
친구와 걷는 가파른 언덕과
맞닥뜨린 낭떠러지

우리는 참 열심히 살았다. 누군가 이쯤이면 됐다라고 해도 손색없을 만큼. 할머니는 항상 사랑을 주셨고 나는 그 사랑에 보답하기 위해 부족하지만 노력했다. 혼자라 느껴질 때 할머니는 나를 바라봐 주셨고 내가 할 수 있는 건 눈 오는 날에는 예쁜 눈사람을, 땀이 나는 더운 날에는 햇빛을 바라보며 활짝 펴 있는 민들레로 팔찌를 만드는 것. 예고 없이 다가올 인생의 마지막 순간을 걱정해 오던 우리 할머니는 이제 지치셨나 보다. 할머니가 이때 동안 묵묵히 갖고 계셨던 막연한 지병의 구체적인 병명을 알게 된 이후로 도저히 내 친구의 얼굴을 똑바로 볼 수 없었다. 이제야 알아서 무슨 소용이 있을까 그냥 눈물이 흘렀다. 제일 가까이서 지내온 내가 구체적인 병명을 알기까지 이렇게나 많은 시간이 흘렀다니 수많은 화살들이 내 가슴을 찔렀고 죄책감에 시달렸다. 할머니는 열심히 달려온 인생에서의 기억을 하나씩 지우셨다. 누군가 의도적으로 할머니의 기억을 뺏어 가는 것처럼. 두꺼비집 만드는 방법을 까먹으셨다. 우리가 즐겨했던 놀이라고 갓난아기에게 한글을 가르치는 것처럼 알려드렸지만 한 귀로 듣고 한 귀로 말을 흘리시는 것 같았다. 길을 걷다 너무 힘들어도 포기하지 말라는 할머니의 말씀을 항상 인생의 좌우명처럼 새기고 살았다. 행복했던 기억, 슬펐던 기억 가리지 않고 최선을 다

해 잊으시는 것 같았다. 나와의 추억을 모두 잊고 편안하게 떠나고 싶어서인지 단지 할머니가 갖고 계시는 지병 때문인지 알 수가 없었다. 이때까지 걸어온 그 길을 포기하고 싶은 느낌이었다. 살면서 최초로 할머니께서 말씀해 주신 내 좌우명을 어기고 싶은 느낌이었다. 할머니가 이제 준비하신다. 불을 넣지 않은 냉랭한 거실 바닥에 누우셨다. 세상에서 제일 포근한 두꺼운 이불을 덮어드렸다. 타인의 도움은 필요하지 않았다. 전쟁 같은 총소리가 나는 현대의 의료 방법으로 마지막 순간까지 할머니를 괴롭히고 싶지 않았다. 이제야 할머니를 배려하는 척하는 것 같아 내 자신이 짜증났다.

'나'라는 사춘기 소녀는 누구보다 더 까칠했다. 학교에서 박힌 날카로운 화살을 집에 도착하면 곧바로 할머니 가슴에 꽂았다. 그 잔인한 화살을 꽂은 후는 다시 빼려고 해도 잘 빠지지 않았다. 기어이 뺀 화살 뒤에는 빨간 상처가 남았었다. 이러한 순간들이 주마등처럼 스쳐간다.

매일 밤 언제나 행복할 수 있게 내가 할머니 옆에 있겠다고 약속했다. 차가운 바닥에 누운 할머니께서 말씀하셨다.

"매일 밤마다 했던 약속 못 지키게 해서 미안해."

"아니야."

몇 마디만 더하면 할머니의 속도 모른 채 울음을 터뜨릴까봐 짧은 대답으로 대신했다.

마지막 순간까지 나에게 미안하다고 하신다. 정말 얼마 남지 않았다. 할머니께서 이불 끄트머리를 꼭 잡으신다.

"넌 내 손녀이기도 하지만 내 딸이기도 해. 늙은 할머니랑 사느라 수고 많았어. 더 이상 슬퍼하지도 말고 네가 매일 밤 했던 약속 이제 할머니한테 하지 말고 네 자신한테 해. 할머니가 이때까지 건강을 지켜오고 이렇게 마지막까지 대화하면서 떠날 수 있었던 것은 네 몫이 크다. 아무도 모르게 네가 느꼈던 슬픔은 내가 다 알 수는 없겠지만 모든 걸 내려다 볼 수 있는 네가 좋아하는 가장 밝고 빛나는 별과 가까운 하늘로 올라가면 너의 인생에 할머니가 조금 도움이 될까."

한 편의 문학책을 읽은 것 같았다. 선생님께서 국어시간에 들려주신 별 똥별 이야기를 읽고 난 후의 느낌과 비슷했다. 내 나이는 나에게 과분하다. 아직까지 살아가면서 할머니께 배울 것이 많은데. 이제 남은 시간을 어떻게 헤쳐 나가야 할지 막막했지만 나는 별과 함께하는 할머니의 제2의 삶을 응원하기로 결심했다.

할머니가 눈을 감으셨다. 한 편의 문학책을 쓰고 난 후라 그런가 굉장히 편한 눈으로 마지막으로 나를 눈에 담고 깜깜한 어둠을 맞이했다. 할머니의 또 다른 딸이었던 민희 언니와 옆집에 사는 정의로운 나은이, 그리고 할머니와 싸운 날이 많았던 시장 아저씨들. 많은 사람들이 머릿속에 스쳐지나갔다. 내가 인생의 마지막 순간을 맞이하는 것처럼. 할머니도 이러셨을까? 남들과는 달리 할머니는 병원이 아닌 우리의 추억이 담긴 정든 집에서 새로운 해를 맞이하는 것을 그만두셨다. 이게 내가 기억하는 할머니의 마지막 모습이었다. 나는 다시 차가운 사회 속에서 살아남으려 발버둥치는 엄마와 아빠 곁으로 돌아가야 한다. 이제 정말 혼자가 되었다. 하지만 별이 유독 밝은 날에는 왠지 외롭지 않았다. 할머니의 마지막 말씀대로 밝은 별 옆에서 나를 지켜보고 있는 것 같았다. 마치 별에게 오늘 밤은 세상을 환하게 비춰달라고 부탁하는 것처럼.

할머니가 나의 옆에 없으면 낭떠러지를 맞닥뜨리는 기분 일 것 같았다. 그저 절망스러울 것 같았다. 하지만 항상 나의 엄마였던 할머니에게, 멀리서 날 바라보고 있을 할머니에게, 이때 동안 수고 많았다고 좋은 보답을 해 드리고 싶은 마음이 들었다. 오히려 또 다른 목표가 생긴 것 같은 느낌이었다. 낭떠러지가 아닌 무언가를 이뤄 내야 결과에 다다를 수 있는 오르막길을 만난 느낌이었다.

이렇게 철이 들어간다. 할머니로 인해, 나의 엄마였던 할머니로 인해, 나의 친구였던 할머니로 인해 계속 철이 들어가는 나였다.

외할머니는 항상 나에게 해 주시는 것이 많았다. 어릴 때부터 맞벌이를 하시는 부모님을 대신하여 나에게 밥을 차려 주시고 숙제를 도와주시고 공기놀이를 하는 법을 알려 주셨다. 같이 시장에 간 날, 할머니와 시장 상인 아저씨가 말다툼이 일어난 것을 보았을 때 아직 노인들에 대한 사회의 인식이 딱히 좋지만은 않다는 것을 알게 되었다. 학교에서 읽은 「도시에서 죽는다는 것」이라는 책과 내가 경험한 일은 겹치는 것이 많았다. '도시에서 죽는다는 것'에서는 노인들이 젊은이에게 민폐가 될까 봐, 살아가는 것 자체가 타인에게 피해를 주는 일일까 봐 걱정하며 살아간다. 질병이 있어 병원 침대 위에 누워 있는 상황인데도 그런 생각을 하며 살아가는 것을 보고 오랫동안 기억에 남았다. 내가 직접 눈으로 본 차가운 사회 모습과 내가 읽은 책의 노인들은 꼭 같은 공간에 있는 것 같았다. 이러한 것에 인상을 받아 이 소재로 주제를 선정하여 책을 쓰니까 느낌이 색달랐다. 책에서 접한 소재와 내 경험으로부터 나오는 소재로 처음부터 끝까지 이야기를 이어 나가려 하니 초반에는 부담스럽기도 했고 아직 어른보다 인생이 경험이 부족한 청소년이 사회 분위기에 대해서 언급한다면 많은 사람들이 공감하며 읽는 것이 가능할까에 대한 걱정이 들기도 하였지만 이 책을 창작하는 기회로 인해 젊은이들은 모를 노인들 나름의 걱정거리들에 한 발짝 다가갈 수 있었던 뜻깊은 시간이 된 것 같았다. 아직 사회에 중대한 결과를 이끌어 내기엔 능력이 부족한 18세이지만 독자들에게 긍정적인 움직임을 심어 준다는 의의를 가지는 책을 써 내려 갔고 나에게 자그마한 자부심을 안겨 준 책이었다.

우리가 읽은 책 ; 린이한

『팡쓰치의 첫사랑 낙원』

류이팅이 된 마음으로 팡쓰치의 이야기를 읽다보면 대체 왜 이런 끔찍한 일이 일어나게 된 걸까, 하고 생각하게 된다.

누가 리궈화를 저렇게 만들었을까?

누가 리궈화가 마음대로 사람을 괴롭혀도 된다고 생각하게 한 걸가? - 구현정

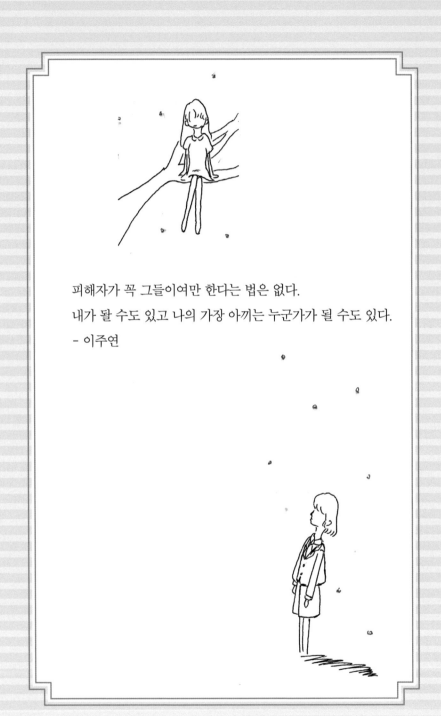

피해자가 꼭 그들이여만 한다는 법은 없다.
내가 될 수도 있고 나의 가장 아끼는 누군가가 될 수도 있다.
– 이주연

목마른 루루

———

구현전

작가 소개

구현정

수성고등학교 미술중점반 학생이다.

머리말

린이한 작가가 쓴 「팡쓰치의 첫사랑 낙원」이라는 소설을 읽고 동화를 만들게 되었습니다. 처음엔 간단한 소개만 듣고 고른 책이었는데, 읽다 보니 마음이 무거워졌습니다. 이 책은 성폭력에 관한 이야기를 다루고 있습니다. 주제는 조금만 읽어도 대번에 알 수 있지만 책을 읽으면 읽을수록 원치 않아도 뭔가 더 깊은 사정이 있는, 팡쓰치의 경험 곁으로 끌려가는 느낌이 들었습니다. 성폭력이 잘못된 일이라는 사실은 알기 쉽습니다. 하지만 성폭력은 다른 범죄보다 자주 단순히 '안 됐다' 또는 '안타깝다'로 치부되곤 합니다. 그러나 강도나 살인처럼 성폭력은 하루빨리 근절해야 하는 흉악범죄입니다. 이상하게 들릴지도 모르겠지만, 이 동화를 보는 동안에는 루루를 안타까워하지 않길 바랍니다. 대신에 분노하고, 무엇이 루루를 바다 깊은 곳까지 내몰았는지 골똘히 고민해 주었으면 좋겠습니다. 이 동화를 보고 그에 대해 더 자세한 내용이 궁금해지면 꼭 '팡쓰치의 첫사랑 낙원'을 읽기 바랍니다.

독후감을 만드는 기분으로 만들었지만 부담은……. 아주 더했습니다. 책을 읽으면서도 이렇게 어려운 이야기를 책으로 엮은 린이한 작가가 대단하다고 생각했는데, 내용을 쓰기 시작하면서는 훨씬 더 대단해 보였습니다. 읽고 보기만 하는 건 많이 해본 일이고 자신있는 일이었는데, 만드는 입장이 되니 문장 한 줄 쓰는 것부터 모든 게 다 어려워서 막막하면서도 새로운 일에 도전하는 것 같아 설렜습니다. 책 축제에서 만들어진 책을 보고 나니 아쉬운 점이 너무 많이 보였습니다. 꼭 숙제는 제출하고 보면 고치고 싶고 열심히 그린 그림은 남 보여줄 때만 이상한 부분이 보이게 마련이니까요. 그래서 수정하면서 글의 양도 더 늘리고 원래 만들어둔 것보다 더 좋게, 더 그럴듯하게 만들려고 신경 썼지만 어차피 몇 년 더 지나면 다시 또 고칠 점이 보일 것 같습니다.

동화라고 하면 어린이들이 읽는 책이라고 생각하기 쉽지만, 어린이만을 위한 동화가 아니라 모든 사람이 볼 수 있는 동화를 만들려고 했습니다. 솔직히, 모든 사람을 위한 동화를 만들기로 결정한 것은 스스로도 어려운 문제를 보다 어린 사람에게 설명할 자신이 없었다는 이유도 있지만, 더 많은 사람들이 다시 한번 성폭력에 대해 생각해 보길 바랐기 때문이기도 합니다. 책을 좋아하기 때문에 이번 기회에 책이 만들어지는 과정을 자세히 알 수 있어서 좋았습니다. 가끔 내가 책을 만들면 어떨까 생각해 본 적은 있지만 정말로 하겠다고 다짐한 적은 없었습니다. 학교에서 선생님, 친구들이랑 다 같이 하는 활동이었기 때문에 평소엔 상상도 못하던 일에 도전해 볼 수 있었던 것 같습니다. 버킷리스트를 하나 채운 것 같은 기분입니다.

물살마을은 맑은 바닷가 풍경이 아주 아름다운 마을입니다.
파아란 계곡물부터 시냇물, 강물까지,
물살마을에는 졸졸졸, 졸졸졸
물 흐르는 소리가 끊이지 않습니다.

그리고 루루는 물살마을에 사는 작은 아이입니다.
그런데 루루의 키가 너무 삭아서,
동네 아이들이 전부 헤엄칠 수 있게 될 동안
루루는 엄마나 아빠나 이모에게
한 번도 수영을 배우지 못했습니다.

167

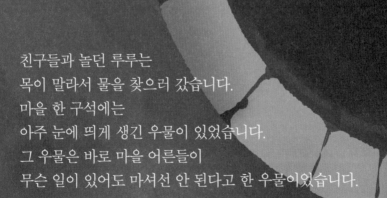

친구들과 놀던 루루는
목이 말라서 물을 찾으러 갔습니다.
마을 한 구석에는
아주 눈에 띄게 생긴 우물이 있었습니다.
그 우물은 바로 마을 어른들이
무슨 일이 있어도 마셔선 안 된다고 한 우물이었습니다.

어른들의 말을 생각하니
찜찜하기도 하고, **이끌리기도** 했습니다.
우물 안에 고개를 집어넣자,
물이 경쾌하게 찰랑찰랑거리는 소리가 들렸습니다.
결국 루루는 아무도 안 볼 때
몰래 우물의 물을 한 모금 마셨습니다.

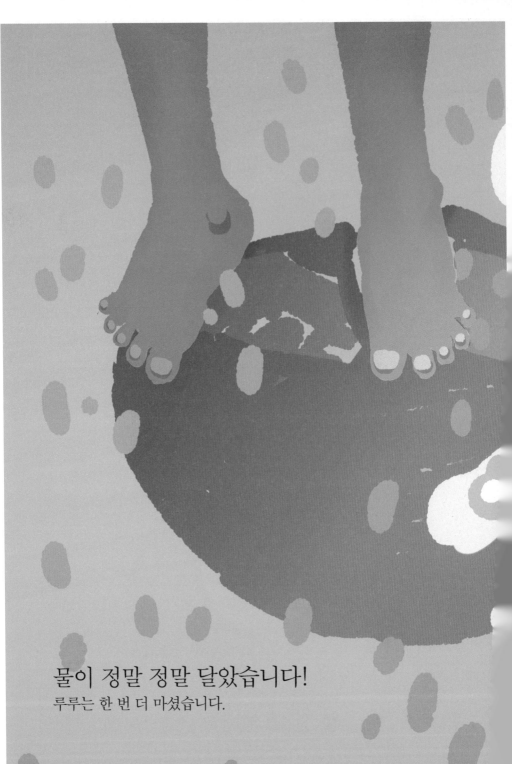

물이 정말 정말 달았습니다!
루루는 한 번 더 마셨습니다.

"콜록, 콜록!"
물을 너무 급하게 마신 건지,
사레가 들려서 켁켁거렸습니다.
그리고 또 한 모금, 또 한 모금,
그렇게 한 바가지를 다 마셔도 목이 말라서
두 바가지나 더 마셨습니다.
하지만 마시면 마실수록
목이 마른 것 같은 이상한 기분이 들었습니다.

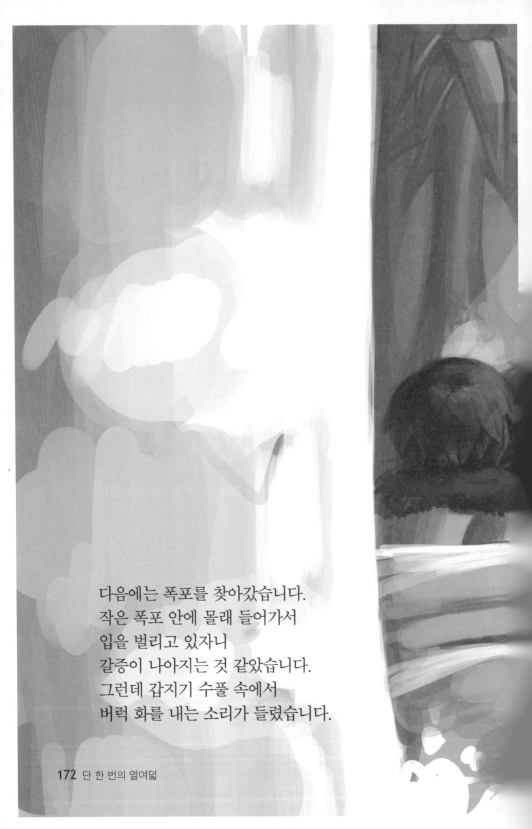

다음에는 폭포를 찾아갔습니다.
작은 폭포 안에 몰래 들어가서
입을 벌리고 있자니
갈증이 나아지는 것 같았습니다.
그런데 갑지기 수풀 속에서
버럭 화를 내는 소리가 들렸습니다.

"여기는 아이들이 들어오면 안 돼!"
"마음대로 폭포에 들어왔으니 벌을 줘야겠다."
화가 난 두 어른이 루루를 끌어다가
폭포 위에 있는, 마을에서 가장 높은 자리에 있는
꼭대기 나무 위에 올려다 놓았습니다.

루루는 꼭대기 나무 위에 앉아서 마을을 내려다봤습니다.
저 멀리 있는 바다에 엄마와 아빠가 탄 배가 보였습니다.
엄마 아빠가 자기를 쳐다보는 줄 알고
루루의 얼굴이 달아올랐습니다.
정말 끔찍하게 목이 말랐습니다.
마을 사람들이 전부 루루를 보는 것 같았습니다.
루루는 서둘러서 나뭇잎 아래에 숨으려고 했습니다.
그때, 나뭇잎이 우수수 떨어지면서
루루도 쿵하고 엉덩이를 찧을 뻔 했습니다.
하지만 갑자기 커다랗고 새카만 깃털이 나타나
루루를 받쳐주어서 다치지 않았습니다.
망토를 쓴 사람이 옆에 서 있었습니다.
"크게 다칠 뻔 했구나. 그 깃털은 네가 가지도록 해."

아주 아주 목이 말랐기 때문에,
루루는 이제 바다로 가야 한다고 생각했습니다.
하지만 루루는 수영을 할 줄 몰랐습니다.
두 손으로 눈을 감싸고
코로 푸르릉 푸르릉 숨을 내쉬면서
파도가 움직이는 대로,
점점 더 바다 안쪽으로 흘러갔습니다.

자꾸 괴물이 다리를 옭아매는 것 같았지만,
손으로 눈을 가리고 있어서
괴물이 있는지 없는지도 알 수 없었습니다.
바다 속에서 눈을 뜨는 것만은
물살마을에서 절대로 해서는 안 되는 일이었습니다.

집으로 돌아가지 못하면 어떡하지?
괴물한테 잡아먹히면 어떡하지?
엄마 아빠가 날 쫓아내면 어떡하지?

루루는 당장 집으로 돌아가고 싶었습니다.
눈에서 손을 떼자 따끔따끔하면서
눈에서 눈물이 났습니다.
물을 먹으면서도 목이 바싹바싹 탔습니다.
그 순간, 눈 앞에 커다란 손이 나타났습니다.

루루는 무심코 그 손을 잡을 뻔했습니다.
하지만 주머니에 넣어둔 까만 깃털이
서둘러 튀어나와 루루를 막았습니다.

깃털이 커다란 손과 아름다운 바다 풍경을 모두 가리고
펄럭거리면서 파도를 만들어냈습니다.
힘찬 물살이 루루를 밀어내서
점점 더 얕은 곳으로 올려보냈습니다.
어느새 햇살이 보일 만큼 위로 떠올랐을 때,
루루는 아래를 향해 손을 흔들었습니다.
그러자 바다 아래서 살랑살랑,
깃털이 인사하는 것 같은 부드러운 물결이 느껴졌습니다.

에필로그

————

　어른이 되고 싶어하던 아이들은 어른이 아니라는 이유로 아무도 알려 주지 않았던 것들 때문에 인생이 크게 흔들려야 했다. 루루와 팡쓰치는 한 번 휩쓸리면 돌아나올 수 없는 거대한 물결에 등떠밀려 밑바닥까지 가게 되었다. 사람들의 아주 작은 눈짓 하나도 그 물결에 힘을 보태 루루와 팡쓰치가 바라는 방향과 정반대 방향으로 걸어가게 했다. 팡쓰치는 끝내 갈 곳이 없어졌을 때 선생님의 집으로 가야 했다. 깊은 속마음까지 털어놓던 친구가 사라지고, 가족과 함께 있을 곳도 사라지자 팡쓰치가 갈 수 있는 유일한 장소는 이상하게도 모든 문제의 근원인 선생님이 있는 곳이었다. 팡쓰치에게 마오마오의 보석가게처럼 사람들의 눈길이 따갑게 느껴질 때 잠시 쉴 수 있는 장소가 있었다면 어땠을까. 커다란 깃털처럼 아주 잠깐이라도 팡쓰치가 다치지 않도록 도와주는 사람이 있었다면 어땠을까. 루루와 팡쓰치를 지켜본 사람들이 할 수 있는 가장 작은 일은 루루와 팡쓰치가 떠밀려 간 파도에서 나오는 것이다. 루루와 팡쓰치를 탓하지 않고, 가해자의 편에 서지 않는 것이다.

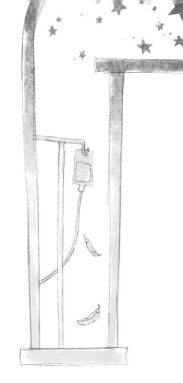

이 상처, 아물 수 있을까

이주연

작가 소개

이주연

수성고등학교 재학생, 방송 작가를 꿈꾸며 살아가는 중이다.

시와 소설 등 문학뿐만 아니라 방송, 언론 등에도 관심이 많은 여고생이다.

저자는 학교 수업에서 「팡쓰치의 첫사랑 낙원」을 읽고 그에 영감 받아
이 소설을 쓰게 되었다.

표지 제작 : 김효빈

저자에게 가장 소중한 사람 중 한 명으로 책의 표지를 제작하였다.

머리말

———

  학교 수업 중 「팡쓰치의 첫사랑 낙원」이라는 책을 읽게 되었고, 그 책과 관련되는 주제인 성폭력에 대하여 쓰게 되었습니다. 성폭력 피해자를 부르는 또 다른 말 생존자의 이야기입니다. 가해자가 처벌된다고 하여도 남겨진 피해자는 끊임없는 고통과 함께 살아간다고 합니다. 영원히 치유될 수 없는 그 상처에 대해 우리는 너무 무관심한 것이 아닐까요?

에필로그

1. 왜 하필 나일까
2. 아픔은 대물림 된다?
3. 엄마의 상처
4. 이 상처, 아물 수 있을까?

1
왜 하필
나일까

1999년, 1월 5일

오늘도 힘겹게 하루를 살았다. 피해자의 잘못인 걸까… 내가 무엇을 했더라. 아무리 생각해도 지금까지 착하게 살지 않아서 받는 벌인 것 같다. 이 벌은 언제 끝날까. 지금까지 아프고 또 힘들었다. 언제 즈음 괜찮아질까. 가장 아픈 것은 주변 사람들이 날 보는 그 시선이다. 수많은 바늘들로 나를 찌르고 또 단단하고 굵은 밧줄로 목 졸라 죽이는 기분이었다. 이 쯤 되면 묻고 싶어진다. 미래의 나는 행복할까? 미래의 나에게 행복이란 게 존재하기는 할까?

"미래의 가연아, 만약 네가 살아가고 있다면 대답해 주라. 넌 지금 어떠니?

이 작고 숨 막히는 곳에서 나온 거야?

— 과거에서 가연이가 미래의 가연이에게"

-

　그날의 날씨와 흡사한 날씨일 때면 악몽을 꾸고는 했다. 비 오는 날을 좋아했던 어린 날의 나는 어느새 비만 오면 두려움에 젖어 홀로 과거의 끔찍한 기억과 외로운 싸움을 하고는 했다. 그날은 이상하게도 다른 날보다 비가 세차게 왔으며, 평소 잠버릇이 고약한 딸이 웬일로 얌전한 날이었다. 그리고 그 시각에 나는 그가 나오는 악몽을 꾸다 일어난 상태였다. 대부분의 사람들이 그렇듯 악몽을 꿔 놀란 심신을 진정시키려 애쓰던 도중 옆에 있던 딸이 사라졌단 것을 알게 되었다. 놀란 나는 아직은 어린 딸이 혹시 잘못되지 않을까 노심초사하며 그녀를 찾아다니던 도중, 익숙한 골목으로 들어가게 되었다. 그곳에서 나는 그 누구보다 사랑하는 나의 딸이 나를 이 지옥으로 밀어넣었던 그 악마에게 겁탈당하는 장면을 보고 말았다.

　"ㄴ, 네가 왜 여기……!"

　"이건 네가 날 감옥으로 보낸 벌이야. 너도 좋았잖아 그때. 내가 말했지, 내가 너를 사랑하는 방법이라고. 너도 같이 즐겨 놓고는."

　"……마, …… 엄마!!"

　온몸이 흠뻑 젖어 눈물범벅이 된 채 날 부르는 딸의 모습이 20년 전 나의 모습과 겹쳐 보였다. 그 모습이 마치 순결을 잃은 여자라서, 아직 어린 소녀라서 가족에게 버림받았던 그 시절의 나를 떠올리게 만들었다.

그 순간 나는 눈을 떴다. 온몸이 땀으로 젖어 있는 게 누가 봐도 지독한 악몽에 시달린 사람의 모습을 하고 있었다. 꿈 때문인지 문득 딸이 어디 있는지 걱정이 되었고, 그녀를 찾아 방 밖으로 나오자, 거실 소파에 늘어져서 휴대폰을 보고 있는 딸의 모습이 보였다. 안도하는 것도 잠시, 잔뜩 갈라진 목소리로 그녀를 조심스레 불렀다.

"딸, 잘 잤니?"

"응, 오늘 약속 있어. 나 늦어."

"일찍 다녀. 위험하다."

나를 흘끗 쳐다보며 건성으로 대답하고는 배고프다며 칭얼거리는 딸에 한숨을 쉬곤 아침을 준비하기 시작했다.

-

꽃

아이야,
나이 가장 아름다운
누구보다 여리고 작은 너라서
그 누구라도
너를 아프게 하는 게 싫어

내가 너의 바람이고 햇빛이며 양분이 되어주기로 하였다.

아이야,

너는

세상에서 가장 아름다운 존재이구나

-

2
아픔은
대물림된다?

1999년 10월 3일

그놈은 감옥에 들어가게 되었다. 남은 가족들의 유일한 도움이었다. 조용히 있으면 되고, 시간이 지나면 해결될 거란 말이 맞는지도 모른다. 아무 말 없으니 내게도 친구들이 다시 생겼다. 언제 어떻게 될지 몰라 아직은 불안하다. 내가 더 잘해야지…… 행복이란 게 쉽게 깨진다는 걸 누구보다 잘 아는 나이기에 오늘도 다짐한다.

"가연아, 미래의 너도 아직 글을 좋아하니? 민지, 예서, 효빈이는 어때?
          - 과거에서 가연이가 미래의 가연이에게"

-

-

-

오랜만에 맞는 여유로운 주말에 어릴 적 쓰던 글 노트를 꺼내 들었다. 감이 잘 안 잡혀 서툴게 썼던 글들을 차근차근 읽어보았다. 지난날의 나는 참 순수했고 풋풋했구나. 나도 모르게 미소가 지어졌다. 녹이 잔뜩 슬어 버린 솜씨로 과거의 나를 흉내내던 중이었다. 시간이 멈춰 버린 이 공간은 한 통의 전화로 다시 시간을 되찾았다. 내가 과거에 멈춰 그 시절을 감상하는 동안 현재는 벌써 몇 시간이 지난 후가 되었다. 깜짝 놀란 나는 급하게 소리의 근원지를 찾았다. 휴대전화로 걸려온 발신자 표시제한, 불길함이 온몸을 감쌌다.

"…… 여보세요?"

"……."

"여보세요? 누구세요?"

아무 대답도 없는 상대방에 의아해하고 있을 때, 전화가 끊겼다. 잘못 걸려온 전화인 걸까 싶어 무시하였다. 어두워진 창 밖에 시간을 확인하곤 늦는다는 딸에게 전화해 볼까 고민하는 도중 다급하게 누군가 현관문을 두드렸고, 곧 딸의 목소리가 들렸다.

"엄마, 엄마 집에 있지? 엄마!!"

"무슨 일이야, 성연아?"

문을 여니 아침에 하고 간 화장은 다 번지고, 입고 간 옷은 천 쪼가리가 되어 너덜너덜해진 채로, 즉 만신창이가 된 채로 울고 있는 딸이 눈에 보였다. 조용히 그녀의 어깨를 토닥이며 무슨 일인지 물어보려는 찰나 먼저 입을 연 것은 다름 아닌 성연이었다. 아직 진정이 덜 된 건지 더듬거리며 말을 이어 가는 모습이 안쓰러워 내가 해 줄 수 있는 건 아무 말 없이 그녀를 안아 주는 것뿐이었다. 괜찮은 걸까, 대체 무슨 일인 걸까 혹시 그놈의 짓인 걸까…… 수많은 불길한 생각들이 나를 스쳐 지나갔다. 적어도 내 자식에게는 내가 겪은 그 끔찍한 일이 일어나지 않기를 간절히 빌고 또 빌었던 나이기에, 누구보다 걱정되었고 불안했다. 잠시 후, 진정이 된 건지 딸이 작은 목소리를 내며 입을 열었다.

"엄마……. 어떤 사람이 날 보고 엄마 이름을 부르면서 달려들었어."

세상이 무너지는 기분이었다. 검고 끈끈한 그 덩어리들이 늪이 되어 나를 잡아당기고 있었다. 빠져 나오고 싶어도 그 어린 시절의 내가 자꾸만 붙잡는다. 나의 별까지 건드린 그를 용서할 수 없었고, 공포는 한순간에 분노로 변하였다. 그러나 내가 무너지면 안 된다. 내가 이성을 잃고 그를 향한 보복을 저지르기라도 한다면 작고 한없이 여린 이 아이는 홀로 남게 될 것이다. 여기까지 생각이 미치자 아이를 따라 눈물이 흐르기 시작했다. 그리고 그녀를 꽉 끌어안았다. 나의 아픔이 대물림되는 것 같아 한없이 미안한 감정뿐이었다. 오늘 밤은 한없이 어둡고 길 것 같단 생각이 들었다.

-

일상

누군가에겐 그저 지루한
그 평범함이 갖고 싶습니다.

누군가에게 잊혀지지 못한
그 상처를 어떻게 보듬어야 할까요.

일상이란 게,

반복되는 그 시간들이
누군가에겐 갖지 못할
잊지 못할 추억이고 상처임을
그대는 아시는지요.

-

3
엄마의 상처

2000년 5월 22일

성연(星娟)이가 태어났다. 내게 지울 수 없는 상처이자 가장 큰 선물이다. 범죄자의 아이를 낳은 것에 대해 가족들은 나를 그렇게 욕하더라…… 새삼 내가 홀로 남겨진 기분이 든다. 친구들은 나를 어떻게 생각할까. 두려워서 관련되는 말은 꺼내지도 못했다. 내 옆에 있는 이 작은 아이를 지키고 싶은 마음 그것 하나이다. 세상이 알게 되면 이 아이조차 나와 같은 외로움에 시달릴까 두렵다. 그리고 한편으론 내가 이 아이를 잘 책임질 수 있을까 겁나기도 한다.

"가연아, 네 아이는 어때? 그 아이는 너와 같은 고통 속에 살지 않게 해 주라. 내가 나에게 바라는 처음이자 마지막 부탁이야.

　　　　　　　　　　　　　　　　　－ 과거에서 가연이가 미래의 가연이에게"

-

-

-

오랜만이었다. 딸과 함께 씻기도 하고 함께 저녁도 먹었으며, 잠자리에 같이 누웠다. 내가 좀 더 어렸을 적엔 딸과 함께하는 이런 일들이 당연하기만 했었는데, 참 신기했다. 고작 몇 년 새에 이런 작은 일이 특별하게 변해 버리다니…… 서글픈 마음에 옆을 돌아보았다. 딸은 등을 돌리고 누워 있었다. 자는가 싶었으나 그건 아니었다. 곧 잠들겠지 싶어 뚫어져라 그녀를 쳐다보고 있었을까, 성연이가 먼저 입을 떼었다.

"……엄마."

"응?"

"아까 그 일……."

뭐라 형용할 수 없는 감정이 온몸을 감싸 안았다. 아이가 나에게 실망하지 않을까. 엄마가 겪은 일을 이 작고 여린 아이에게 말해 줘도 괜찮은 걸까. 셀 수 없이 많은 생각이 나의 머릿속을 헤집어 놓기 시작했다. 대답하기까지 얼마나 많은 시간이 걸린 건지, 어쩌면 아이가 이미 잠들어 버린 건지도 모르겠다. 머뭇거리다 천천히 입을 열려던 그때 성연이 다시 말을 걸어 왔다.

"내가 아직은 엄마보다 훨씬 덜 살았고, 그래서 겪은 것도 적지만 공감하는 것 정도는 제대로 할 수 있잖아."

내가 애지중지 키우던 작은 새싹은 어느새 커서는 튼튼하고 곧은 나무

가 되어 있었다. 내가 이 아이를 너무 어리게만 보고 있었구나 싶어 미안했고 이렇게 커 줘서 고마웠다. 내가 성연이를 끌어안으니 이 아이는 봄이 되어 따스한 바람으로 온몸을 휘감았다. 안심 그리고 안정, 이제는 말할 수 있을 것 같았다.

"꽤 오래전 일이야……."

　-

　-

　-

18살의 나는 글을 읽는 것도, 쓰는 것도 매우 좋아하는 그런 평범한 소녀였다. 내가 사랑할 수밖에 없었던 그를 만나기 전까지는 말이다. 새 학기 첫날, 담임 선생님을 뵈었을 때 나는 기뻐서 옆의 친구를 끌어안고 소리 지를 뻔했다. 어릴 때부터 글을 좋아하던 나였다. 그런 나의 담임 선생님의 담당 과목이 문학이라니, 그를 존경할 수밖에 없었고 그 감정은 빠르게 사랑이라는 단어로 바뀌었다. 담임 선생님께 조금이라도 더 글을 배우고 싶다는 욕심에 첫 상담 때 선생님께 이렇게 말했던 것 같다.

"작문을 배우고 싶어요!"
그때는 왜 몰랐을까, 나를 보며 짓던 그 미소 뒤에 까맣고 진득한 늪이 있다는 사실을…….

　-

처음에는 일주일에 한두 번 내가 쓴 글을 들고 선생님께 찾아가는 걸로 시작했던 것 같다. 물론 그런 나를 그도 반갑게 맞아 주었다. 그렇게 글을 배우기 시작한 지 얼마나 지났을까. 그는 점차 나를 교무실이 아닌 아이들이 잘 가지 않는 특별실이나 쓰지 않는 교실로 불러내기 시작했고, 후에는 이렇게 말했다.

"학교에서 이렇게 가르쳐 주려니 한계가 있는 것 같구나, 주말에 선생님 집으로 올 수 있겠니?"

그 말을 들었을 때는 뭐라 말할 수 없이 기뻤다. 흔쾌히 답한 후에는 결아(結伢)에게 달려가 자랑하기 바빴다.

"선생님께서 내게 좀 더 신경 써 주시려는 것 같아!"

"진짜? 나도 너처럼 글 좀 잘 쓰고 싶다."

"너도 잘 쓰잖아, 난 네 글이 제일 좋은걸"

"뭐래. 난 네가 나중에 꼭 작가로 데뷔했으면 좋겠어."

그 시기엔 글을 쓸 때 가장 행복했고 예쁘게 웃을 수 있었고 그래서 더욱 아팠다. 그의 집에 가기 하루 전날엔 설렘에 잠까지 설쳤다. 나도 전 세계의 여러 시인이나 소설가처럼 사람의 마음을 울리는 글을 쓸 수 있을 거란 순수하고 어린 마음이었다. 그의 집으로 들어가자 그는 나를 웃으며 반겼고 아무도 없다며 편히 있으라 하였다. 그리고 그곳에서 나는 편히 있을 수 없었다.

–

저, 선생님 왜 이러세요…….

이게 다 선생님이 너를 좋아해서 그래

사랑을 표현하는 방법 중 하나란다.

　-

그 일 이후 그는 나를 매주 주말 불러내었고 학교에 소문이 날까 두려웠던 나는 그의 집으로 찾아갔다. 그러나 꼬리가 길면 걸리는 법, 주말마다 그의 집에 다녀온 후의 내가 멀쩡할 리 없었다. 이를 의심한 결아가 신고하였고 결국 나와 그 선생님에 대해 학교에 퍼지게 되었다. 그러나 나는 강제적인 관계였다고 본인 의사는 없었다고 말하고 싶었지만 그럴 수 없었다. 부모님은 본인 의사가 아니었을 것이라며 그를 고소했고, 결국 그는 법으로 처벌을 받게 되었다. 그러나 다수가 한 사람을 벼랑 끝으로 내미는 일은 생각보다 쉬운 일이었다.

더러운 X

너 같은 게 친구라니

네가 내 딸이라니 수치스럽구나

너 그 소문 진짜야?

나를 보며 수군대는 시선이 그 혐오감에 젖어 나를 바라보는 사람들이 나를 하루에도 수백, 수천 번 나를 죽이는 것 같아 무서웠다. 결국 그 당시의 사람들과 모든 연락을 끊은 채 고등학교 생활을 남들보다 일찍 끝내게 되었다. 그리고 내가 그의 아이를 뱄다는 사실을 알았을 때,

"연아, 엄마랑 아빠랑 사정이 생겨서 혼자서도 잘 지낼 수 있지?"

　-

무덤

내가 깊은 곳에 묻힌다면
장미가 필까

그의 기억 속 장미일까
썩어 버린 더러운 기억일까

나는 오늘도 관 뚜껑을 덮으며
그에게, 그들에게 전한다.

내가 깊은 곳에 묻히면 장미로 기억해 주실 건가요.

-

4
이 상처,
아물 수 있을까?

2016년 2월 18일

오랜만에 친구들을 만났다. 다들 직업을 갖고 있거나 이제 막 아이가 초등학생
정도인, 평범한 가정을 꾸려 나가는 그 친구들을…… 내가 성연이를 낳지 않았다

면, 저들처럼 평범한 가정에서 웃고 있을 수 있었을까? 이미 몸은 커 버렸다. 근데 왜 난 아직도 18살의 나인 걸까. 성연이는 몇 년 뒤면 성인인데, 내가 이 아이와 나를 그때까지 잘 붙잡고 있을 수 있을까.

"미래의 내가 존재한다면 답 좀 해 주라, 너 아직 살아 있어? 너로 살아 있는 거야?

— 18살의 나를 못 잊은 나 자신, 가연이가"

딸에게 다 말하고 나서는 정적이 흘렀다. 이 아이가 내게 실망한 건 아닐까, 자신의 아빠가 그런 사람이라는 걸 알고는 나를 원망하고 있는 건 아닐까……. 많은 생각이 다시 나를 괴롭히기 시작했다. 끔찍한 생각부터 괜찮을지도 모른다는 생각까지 한참을 눈알만 굴리며 성연이의 눈치를 보고 있었을까. 조용하던 딸이 입을 뗐다.

"그래서 엄마는 나 낳은 거 후회해?"

"지금까지 너무 나만 챙긴 건 아닐까 싶어. 엄마 힘든 거 조금만 더 빨리 얘기해 주지. 그럼 더 빨리 철들었을 텐데."

온몸에 시멘트를 바른다면 이런 느낌일까. 딱딱하게 굳어 버려 아무 말도 할 수 없었다. 내가 모르는 새에 참 바르게 자랐구나 싶었다. 너는 그저 조용히 나를 끌어안고 토닥였다. 그 조용한 새벽이 둘의 울음소리로 메워져 갔다.

–

–

–

그날 이후로 다시 바쁜 삶이 이어졌다. 그러는 중에 참 이상하게도 푸른 바다가 모든 걸 다 가져가 줄 거고 씻어내 줄 것이란 생각이 들었다. 딸에게 바다 보러 가자고 제안하였더니 알겠다고 했다. 짐을 챙기고 펜션을 예약하고 기차표도 끊었다. 딸과 함께 떠나는 첫 여행이라 그런지 더욱 설레었다. 그렇게 부푼 마음을 갖고 바다로 출발했다. 저녁 늦게 도착하니, 더위가 가시고 조금은 쌀쌀한 바람이 우리를 맞이했다. 펜션 주인이 말하길 밤에는 사람도 없고 물살이 낮보다 거세니 절대 들어가지 말라고 하더라. 조용히 짐을 풀고 밤바다를 보고 있으니 딸이 말을 걸었다.

"바다 보니까 기분이 좀 나아?"

"응, 울 성연이랑 같이 오니 더 좋네. 고마워. 딸."

"밤바다 산책 갈까?"

그녀의 말에 고개를 끄덕였고 우리는 곧장 겉옷을 챙겨 밖으로 나왔다. 한적한 시골의 어느 마을, 잔잔하게 들리는 파도 소리와 코끝에서 맴도는 바다의 짠 공기까지 어느 하나 마음에 들지 않는 것이 없었다. 앞에서 신나게 방파제 위를 뛰어다니는 딸을 보니 아직 어리구나 싶었다. 어느새 멀어져서는 나를 보며 손을 흔드는 성연이를 보며 그녀에게 가려고 했을까 누군가 나의 팔을 붙잡았고, 내가 뒤를 돌아보는 순간

"어디 있었던 거야. 가연아, 찾았잖아."

"보고 싶었어. 네가 나에게서 헤어 나올 수 있을 거라 생각했니?"

—

상처

작은 상처가 생겼다.
내가 버텨 내기엔 너무 작은 상처
엄살 부린다 혼날까
징징댄다고 혼날까

조용히 참아왔다.
시간이 해결해 주리라 믿었다.
어른들의 말은 틀린 게 없을 거라고
내가 유난 떠는 거라고

결국 그 상처는 터졌고
커다란 덩어리도 함께 터졌다.

그리고 그곳에 더 이상 나는 없었다.

-

에필로그

처음에는 「팡쓰치의 첫사랑 낙원」이라는 이 책에 생긴 호기심에 그리고 이 책이 가진 예쁜 문체에 홀려 나도 소설을 쓰고 싶다는 생각에 쓰게 된 소설입니다. 그러나 소설을 쓰면 쓸수록 주인공 가연이 나 혹은 주변의 아끼는 사람이었어도 이렇게 가볍게 넘길 수 있었을지 의문이 들었습니다. 우리는 평소에 많은 관련 기사를 접하고는 합니다. 자극적인 기사의 제목으로 대중의 관심을 끌고자 하는 기자들, 나의 일이 아니라서 다행이라 생각하는 사람들……. 이러한 환경 속에서 우리의 생존자들은 과연 괜찮은 걸까요. 그들이 전혀 괜찮지 않다는 것을 이 글을 통해 다시 생각해 보는 계기가 되었으면 합니다.

『나쁜 뉴스의 나라』

언론에 관해 평소에 관심이 많았는데 이 책을 읽고 난 후 언론의 나쁜점뿐아니라 좋은점을 알게 되어서 그 점을 어떻게 보완해야될까 하는 생각을 했다.

내 글과 연계성 내가 쓴 글의 모든 부분은 다 이 책을 읽고 찾아낸 것이다. 가끔씩 이 책의 작가의 말을 인용하기도 했고 가장 마지막 글은 이 책 자체가 내 글의 주제가 되었다. - 문희서 처음 이 책을 읽기 시작 했을 때의 셸렘을 잊지 못한다.

언론계열 진로를 꿈꾸며 현대 사회에 궁금증을 많았는데 이 책을 읽으며 많은 지식을 습득함으로써 더욱 명확한 목표를 가지게 된 계기가 되었다. 또한 바르지 못한 언론으로 인해 나타나게 된 '나쁜뉴스'의 심각성을 깨닫고, 대중들에게 믿음을 줄 수 있는 언론을 만드는데 힘써야 겠다고 다짐하였다.

이 책에서는 '나쁜뉴스'에 대한 모든 자료를 상세히 나타내고 있다. 나 또한 이 책의 전체 주제인 '나쁜뉴스'를 사용하여 '나쁜뉴스'에 의한 피해사례와 현대 시대를 살아가는 대중이 가져야 하는 '바르게 뉴스를 보는 법'과 올바른 시선을 가지게끔 도와줄 수 있는 내용을 담아내었다. - 이유나

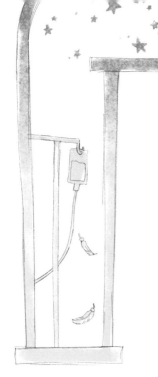

생각의 틀

———

생각의 틀

——————————— 문희서

작가 소개

이름: 문희서

출생: 2002년 4월 6일

학력
- 계성초등학교 졸업
- 동도중학교 졸업
- 수성고등학교 재학

취미
좋아하는 드라마 정주행하기(특히 지붕 뚫고 하이킥), 좋은 노래 찾아
서 듣기

머리말

시나 에세이 즉 짧은 글들은 적어도 소설이나 비문학에서 쓰이는 말들보다는 함축적인 범위 내에서 사람들에게 큰 영향을 줄 수 있게 한다. 평소 나는 미디어, 언론 매체와 에세이에 관련해서 관심이 많았기 때문에 에세이의 형식을 사용하여 주로 일상생활이나 현대 사회에서 우리가 미디어를 보고 느낄 수 있는 감정을 색다른 표현들로 구성하였다. 그리고 키워드 내용에 대한 나의 견해를 서평으로 나타내고 사진을 통해 내용의 의미 파악을 감각적으로 표현하였다. 에세이를 읽고 언론 뿐 아니라 언론과 관련해서 우리 삶에 대해 더 많은 생각을 하게 될 것이다.

차례

머리말

작가 후기
에필로그
참고문헌 책 「나쁜 나라의 이야기 中에서」

일상_

요즘 현대인의 일상에서 영상과 미디어 매체는 우리에게 필수가 되어 있을 정도이다.

옛날에는 대표적인 자료들이라 해도 그림 자료나 프레젠테이션이 많았

으나 요즘은 영상 자료들을 정말 많이 이용하여 대체한다.

일상에서의 대화 주제도 유튜브에 관한 이야기가 가장 많을 정도로 영상에 관한 관심이 급격해지고 있다.

하지만 관심이 많아질수록 사람들이 그 주제에 대해 비평하는 것이 많아지는 건 어쩔 수 없다. 그런 현실 때문에 나는 이 틀을 깨고자 하는 마음으로 일상에서의 뉴스, 미디어, 영상에 관해 짧은 글을 썼다.

9시 뉴스

우리가 거울을 보며 매일 우리 용모를 확인하고 바르게 가꾸듯이 우리는 9시 뉴스를 매일 본다.

사회가 바뀌지 않는 것은 나쁜 뉴스의 나라여서일까? 사람들이 바뀔 마음이 없어서일까?

기자

한 기자는 언론을 취재하는 언론사에서 기자를 취재하는 기자로 살면서 "언론이 왜 이런 취급을 받게 되었을까", "이 기자는 기사를 왜 이렇게 썼을까."와 같은 생각을 하며 언론을 향한 대중의 불신에 대해 고민할 수 있었다고 한다. 대중의 비난은 기자의 기사 때문일까? 기사의 독자 때문일까?

오늘 날씨는

매일 다른 날씨에 다른 기상예보를 보고 사람들은 오늘 뭘 입을지 우산을 챙겨야 할지 말아야 할지 고민한다. 물론 예보가 정확하지 않은 날들이 자주 있는 편이다.

그런데 사람들은 너무 예보에 집착하고 정확하지 않으면 욕을 한다. 사람들은 정확한 정보를 전달하지 못한 기상청에 욕을 한 것일까? 아니면 좋지 않은 날씨 탓에 기분이 우울해져 그러는 것일까?

스마트폰

언제부턴가 우리는 하루에 수도 없이 스마트폰을 들여다본다.

밥 먹을 때도 스마트폰, 친구들을 만나거나 가족들과 대화할 때도 스마트폰을 항상 보고 있다.

많은 사람들이 스마트폰만 들여다보는 것은 그저 스마트폰이 유익해서일까? 세상에 볼 것이 없어져서일까?

사회_

미디어에서 사회란 언론과 관련된 기사들, 뉴스, 모든 매체를 포함한다.

우리나라의 사회 또는 사회 현상은 일상생활과 다를 바 없다. 하지만 사회적으로 어떤 사례가 이슈화되면 그것이 바로 일상생활에도 영향을 끼칠 것이다.

그렇기 때문에 우리의 사회적 문제가 일상에 해를 끼치지 않게 하려면 우리는 무조건적으로 일반적인 사고 방식에서 벗어나야 한다. 밑의 짧은 글들로 그런 프레임에 갇히지 않고 깨어나기를 바란다,

언론 사망
2019. 08. 29.
오늘 모 사이트에서 실시간 급상승 검색어를 봤는데
1위가 한국 언론 사망이고
2위가 정치 검찰 아웃
3위가 가짜 뉴스 아웃
최근 들어 한국의 언론에 대한 평판이 냉정해진 것은 한국에 비리가 많아져서일까? 사람들의 한국 언론에 대해 관심이 많아져서일까?

호기심과 관심 그 사이
사람들은 어떤 연예인의 열애설 또는 결별설에 너무 많은 관심을 가진다.
때로는 지나친 관심으로 많은 공인들은 힘들어 한다
왜 우리는 우리의 지나친 관심으로 힘을 쏠까/
그만큼 우리가 관심을 가질 것이 없는 걸까?

신문
아마 일부 사람들은 이렇게 인터넷 기술이 발달된 시대에 인터넷 기사와 똑같은 내용을 종이로 적힌 신문이 어떻게 아직 살아남을 수 있는지 궁금해할 것이다.
그 답은 광고이다. 신문은 뉴스 내용으로서의 가치를 중요시하지 않고 그것을 광고로 대체해 배치한다.

언제부터 신문은 뉴스의 내용으로 유통하지 않고 기업이나 공공기관에서 얻는 광고 수익으로 생산 방식을 바꾼 것일까?

나쁜 뉴스의 나라
"왜 언론은 나쁜 뉴스를 만드는 걸까, 오늘날 뉴스 가치를 결정하는 요인은 무엇일까?"

"좋은 뉴스는 무엇이고 나쁜 뉴스는 또 무엇일까. 그리고 그 의문들은 언론과 기자를 향한 불신을 형성하는 데 어떤 역할을 했을까?"
조윤호-「나쁜 뉴스의 나라」 중에서

과거의 언론에 대하여_
과거의 언론은 참 부정부패한 일도 많았고 비극적인 사건이라고 칭할 수 있는 일들이 많았다. 일반적으로 우리는 현실에 안주하며 살아간다. 그렇기 때문에 현실을 잘 파악하지 못하는 경우가 더러 있다. 그럴 경우엔 현실의 심각성을 파악할 필요가 있는데 과거엔 그런 일이 쉽지 않았나 보다.

현재의 언론에 대하여_
현재 언론에 대해서는 주변 반 친구들에게 인터뷰를 해 본 결과의 몇 마디로 정리하겠다.
루머가 많다.
비리 지옥
진실된 매스컴이 만들어졌으면 좋겠다.
이것이 현재 언론에 대한 사람들의 생각이다.

미래의 언론에 대하여_

미래의 언론에 대하여 생각해 본 결과 현재보다 훨씬 나아질 수 있을지 의문이다. 여전히 많은 사람들이 언론을 접할 것이고 여전히 많은 사람들이 그에 대해 비평할 것이다. 그런 상황에서 우리가 할 수 있는 생각은 계속해서 뉴스나 신문기사를 보고 다른 시각으로 보는 방법, 즉 프레임에서 깨어나 새로운 관점으로 세상을 바라보는 것이다. 나는 새로운 시각에서 세상을 바라보는 것이 결국 새로운 방법으로 어떤 현상을 이해하는 것과 같다고 본다. 그렇기 때문에 우리의 세상은 바뀌고 미래의 언론은 바뀌어야 한다.

학교_

학교에서 우리는 많은 수업들과 활동들을 하게 되는데 그때도 언론이나 매체 또는 미디어와 관련된 것을 접할 수밖에 없다.

그렇기 때문에 우리는 학교 생활에서 듣는 영상 지식을 제한적이게 듣지 않고 틀에서 나아가 범위 밖의 미디어에서 지식을 확장해 나아가야 한다. 그러기 위해서 이런 질문에 대한 대답을 해 보고 그에 대해 생각해 볼 필요가 있다.

당신은 학교에서 주로 어떤 매체를 사용하는가?

주로 사용하는 그 매체는 얼마나 많은 사람들이 이용하는가?

그 매체는 사람들에게 어떤 이점을 주는가?

수업

수업 시간 인터뷰 내용 中

평소에 언론에 대해서 어떻게 생각하시나요?

언론은 왜곡되는 사실이 많고 편파적인 것 같습니다.

왜 언론이 왜곡된다고 생각하나요?

실제로 일어나지 않은 일을 단독 보도하기 위해 사실 인증을 하지도 않고 바로 보도하는 경우가 많기 때문입니다.

친구

친구와 다른 친구 사이에 오해가 생기듯이

기자의 한 뉴스와 다른 뉴스는 오차가 생기기 마련이다.

친구와의 오해로 싸움이 생기듯이

기자들의 오차로 오보가 생기게 된다.

친구와의 사이가 좋아지면 갈등이 해소되기 때문에

기자들이 쓴 뉴스의 오차가 없어지면 오보도 줄어들 것이다.

이런 방법으로 우리는 언론의 문제를 해결해 나가야 된다.

　이렇게 한 주제를 가지고 오랫동안 글을 써 본 적도 없고 에세이 형식으로 글을 써 본 적도 없다. 그런데 언론이라는 큰 주제에서 일상의 키워드 또는 우리 사회에서 흔히 볼 수 있는 키워드로 글을 쓸 수 있어서 언론에 대해 다시 한번 더 생각해 보는 계기가 되었고, 그 과정을 통해서 우리나라 언론의 문제점과 사람들이 언론에 대해 어떤 인식을 가지는지도 좀 더 확실히 알 수 있었다. 그냥 키워드에 대한 나의 생각을 나타냈을 뿐 아니라 다른 사람들에게 물어보는 형식을 취하였다, 그 이유는 많은 사람들이 이 키워드에 대해 다시 한번 더 생각해 볼 수 있는 기회를 만들어 보고 싶었기 때문이다. 책을 읽을 때 항상 생각했던 아쉬운 것은 많은 작가들이 마지막에 넣는 글에도 딱히 특별함이 없고 앞과 똑같은 형식으로 써서 사람들에게 여운을 남기지 않았던 점이었다. 그래서 나는 조금 다른 형식으로 내가 언론에 대해 가장 많은 영감을 받았던 책인 『나쁜 뉴스의 나라』에서 인상 깊게 느껴진 구절을 몇 개 인용해 끝을 맺었다.

　많은 사람들이 지금보다 언론에 대해 더 생각할 수 있는 계기가 되었으면 좋겠다.

처음에는 시를 쓰려고 했다가 에세이로 바꿨다.

막상 시를 쓰려고 시집을 찾아보거나 인터넷을 검색했더니 시를 쓰기에는 언론에 관한 많은 지식을 함축적이게 표현하는 능력이 있는지 확신할 수 없었기 때문이다. 다음에 책을 쓸 기회가 있다면 시를 쓰고 싶다.

에필로그 2

―

　혼자 미디어에 대한 생각을 하기에는 너무 어렵고 복잡한 것 같아 인터넷을 그냥 마구잡이로 찾아봤다. 그런데 인터넷을 찾아서 나온 결과는 언론과 미디어에 대한 비판이 8할이었다. 많은 사람들의 한국 언론에 대한 생각은 제한적이었던 것이다. 그래서 나는 생각의 틀이라는 제목을 통해 많은 사람들이 일반적인 한국 언론과 미디어의 생각과 사고에서 벗어나는 방식을 만들어 봐야 되겠다고 결심했다, 그 후에 글을 쓰는 동안 일상과 사회 현상 또는 학교에서 흔히 볼 수 있는 미디어 매체와 관련해 틀을 깨기란 쉽지 않았다.

How to read/lead..?

이유나

작가 소개

이유나

사회와 영상, 언론에 관심이 많고, '방송 연출가'라는 꿈을 가지고 앞으로 나아가고 있다.

언론중재위원회 견학에서 알게 된 정보들과 「나쁜 뉴스의 나라」라는 책을 읽고 언론의 부정적인 측면을 알리고 사람들에게 바른 뉴스를 읽어갈 수 있도록 하고자 이 글을 쓰게 되었다.

머리말

———

　현재 우리는 정보화 시대 속 수많은 언론 매체에 노출되어지며 살아가고 있다. 우리에게 긍정적인 영향을 주는 언론이기도 하지만 어떤 경우에는 우리에게 극심한 피해를 주는 것 또한 언론이될 수 있다. 지금부터 하려는 이야기는 나쁜 뉴스의 예시와 언론의부정적인 사례에 대해 말하고 그 피해자들의 심정을 이해해 보며바르게 뉴스 읽는 법을 습득하는 것이다. 이 책을 읽으며 나쁜 뉴스가 쏟아지고 있는 이 사회에서 살아남기 위해 우리가 언론에 대해 가져야 할 올바른 시선과 생각에 대해 정확히 알아갔으면 한다.

차례

0
나쁜 뉴스란?

요즈음 대중들 사이에서 '나쁜 뉴스'라는 단어가 유행하고 있다.

여기서 나쁜 뉴스란 '나쁘다'라는 말과 '새로운 소식을 전하여 주는 방송 프로그램'이라는 의미의 '뉴스'가 합쳐져 만들어진 합성어이다. 즉, 사람들에게 이로운 정보를 제공해 주는 것이 아닌 거짓되고 사람들을 혼동시킬 수 있는 정보를 제공해 주는 좋지 않은 뉴스를 뜻한다.

근거 없는 가짜 뉴스는 올바른 진단이 아닐 뿐만 아니라 오히려 우리 경제에 해를 끼치는 일이 될 수 있기에 우리는 나쁜 뉴스를 바르게 읽어 나가는 법을 배워야 한다.

1
뉴스 어뷰징

뉴스 어뷰징(News Abusing)은 클릭 수를 늘리기 위해 언론사가 동일한 (또는 제목이나 문장 순서만을 변경하여 거의 흡사한) 제목의 기사를 지속적으로 전송하여 클릭 수를 조작하는 행위를 말한다. 특히 인기 검색어에 있는 키워드를 기사 제목에 포함시켜 실제로는 전혀 관련 없는 내용의 기사를 전송하는 것 역시 뉴스 어뷰징의 큰 폐해 중 하나이다.

출처: [네이버 지식백과] 뉴스 어뷰징 [News Abusing] (두산백과)

한창 페미니즘과 미투 운동이 퍼져 나가고 있을 때, 미투에 관련하여 나타난 뉴스 어뷰징의 사태는 심각했다.

[1]"#미투를 검색어로 2월 21일부터 3월 21일까지의 보도량은 빅카인즈에 등록된 45개 언론사(조선일보 · 중앙일보 · 동아일보 제외)에서는 6,985건인 데 견주어 같은 기간 네이버 뉴스 검색 제휴 언론사 104개를 통해서는 무려 5배가 넘는 기사가 검색된다."라고 전해진다.

이러한 기사들 중 올바른 기사를 작성한 것이 아닌 단지 사람들의 관심을 끌기 위해 옳지 못한 정보를 작성해 놓은 어뷰징 기사 또한 대다수였는데, 여기서 뉴스 어뷰징으로 인해 정확한 정보를 제대로 전달받기 어려울 뿐만 아니라 우리의 사회에서 일어나는 문제점과 해결법을 잘못 제시하거나 다른 왜곡된 뉴스에 묻히게 하는 등 사회를 혼란스럽게 만드는 심각한

---

[1] 미투 운동 관련 뉴스 확산의 특징 : 어뷰징으로 기사량 폭발할수록 '미투' 핵심은 사라져 | 작성자 신문과방송

사태를 발생시키기도 한다.

미투 운동 또한 뉴스 어뷰징으로 인해 원래 전하고자 했던 의미와는 많이 벗어난 왜곡된 진실을 대중들에게 사실로 알게끔 만드는 무서운 위력을 행사한다.

사회의 잘못된 점을 지적하고 비판하고자 용기를 내어 미투 운동에 참여하게 된 여성들이 뉴스 어뷰징으로 인해 여전히 피해 받고 있다는 사실이 모두에게 억울할 따름이다.

2
허위 보도

허위 보도란 진실이 아닌 것을 진실인 것처럼 꾸민 것이라는 뜻을 담고 있는 '허위'와 대중 전달 매체를 통하여 일반 사람들에게 새로운 소식을 알림이라는 뜻을 담고 있는 '보도'가 합쳐져 만들어진 합성어이다. 즉, 올바른 사실이 아닌 거짓된 정보를 퍼뜨려 사회를 혼동시키는 것을 말한다.

사례) [투데이 연예톡톡] 日 "트와이스 퇴출 위기" 거짓 보도 논란

일본 언론이 한국에서 활동 중인 아이돌을 이용한 거짓 보도로 논란을 빚고 있습니다. 일본 매체 '도쿄 스포츠'는 "한일 관계 악화로 한국에서는 트와이스의 일본인 멤버 사나와 모모, 미나를 추방해야 한다는 여론이 확산되고 있다."면서, "로켓펀치의 타카하시 쥬리도 일본인이라는 이유로 퇴출 위기에 몰렸다."고 호소했습니다. 또 '요즘 일본에선 '제3차 한류 붐'이라는 밀까지 니올 정도로 한국 그룹 인기가 높지만 한국에선 일본인이 돈을 버는 것을 거절하는 경향이 있다.'고 주장했는데요. 이 가짜 기사는 일본 대형

포털사이트 메인 화면까지 올라가며 확산되고 있어 우려를 사고 있습니다.
- 조＊＊ 리포터

위의 허위 보도는 한국 걸그룹 '트와이스'의 일본 멤버가 차가워진 한일 관계 때문에 퇴출되었다는 연예 기사로, 일본에서 한때 뜨거운 반응을 얻어냈던 기사 내용이다. 이러한 허위 보도를 냈던 일본 언론측은 많은 이득을 취했을지 모르지만 당사자인 '트와이스'의 멤버 '사나', '모모', '미나'는 표현할 수 없을 정도의 막대한 정신적 피해와 고통을 받았을 것이다. 또한 이 기사를 읽은 기사 속 해당 국가인 한국과 일본 또한 서로에게 좋지 않은 감정을 가지게 되어 정치적·경제적 관계가 틀어질지도 모른다는 생각이 들었다. 단지 기업의 이익을 위해 이러한 허위 보도를 대중들에게 유포하는 것이 과연 올바른 것일까.

또한 이러한 기사를 적는 기자들은 자신들의 글로 인해 피해 받을 많은 사람들과 혹은 그보다 더한 피해들이 일어날 것을 몰랐던 것일까, 아니면 알고도 모른 척했던 것일까?

3
과장뉴스

과장 뉴스란 '사실보다 지나치게 불려서 나타내다.'라는 뜻을 가지고 있는 '과장하다'라는 말과 뉴스가 합쳐져 만들어진 단어이다.

과장 뉴스의 사례로는 '세월호 사건'이 가장 대표적이지 않을까 하는 생각이 든다.

이전 KBS 보도에 따르면 10시 14분, 침수가 진행되고 있을 때 해경 관계

자는 침몰 속도가 빠르지 않아서 1~2시간 안에 모든 인명 구조를 마칠 수 있을 것 같지만 만일의 사태에 대비하고 있다고 밝혔다. 10시 30분에는 모든 갑판과 난간이 물에 잠기고 있었는데, 중앙재난안전대책본부에서는 구조가 신속하고 순조롭게 이뤄지고 있으며 사망 위험성은 비교적 낮은 편으로 낙관하고 있다고 말하였다.[2]

이때까지는 79명을 구조한 상태였고, 397명이 여전히 선내에 있었다. 그런 후 10시 47분부터 선체가 침몰하면서 11시가 될 때까지 161명만 구조한 상태가 지속되었다. 그러나 그때 쓰여진 기사로는 '탑승객 전원 선박 이탈… 구명장비 투척 구조 중'이었다.

세월호 사건이 터졌던 당시 거의 모든 언론에서는 '탑승객 전원 구출완료'라는 식의 과장·허위 뉴스를 한 언론사를 시작으로 마구잡이로 쏟아 냈고, 그 기사들을 본 유가족들과 사람들은 안도의 한숨을 내쉬고 다같이 기뻐했다. 그러나 시간이 갈수록 말은 계속해서 바뀌었고 현재에 돌아온 탑승객은 몇 되지 않고, 지금까지도 실종자들의 유가족들은 밤낮으로 자신들의 돌아오지 않는 가족들을 기다리고 있다.

그때에 여러 과장 뉴스를 지어냈던 언론 측에 이 사실에 대해 물어보면 기억이 잘 나지 않는다는 비겁한 말로 이 비극적인 사실에 직면하는 것을 회피하고 있다. 이러한 과장 뉴스로 인해 유가족들이 받았을 상실감과 피해는 말로 표현할 수 없을 것이다.

올바른 사회를 위해, 뉴스를 보고 읽는 모든 대중들을 위해 이러한 과장 보도는 사라져야 마땅하지 않을까?

4
나쁜 뉴스가
만들어지는 이유

위에서도 말했듯이 나쁜 뉴스를 만들어 내는 이유는 공공성보다 산업성을 추구하거나 서민들의 관심을 사는 것으로부터 자신의 기업이 받는 이윤을 우선으로 생각하기 때문이다. 국민들에게 옳고 바른 소식을 정직하게 전달해 주는 것을 목표로 하는 언론이 이러한 이윤 때문에 본래의 목표를 실행하지 못하고 있다. 이렇게 모두가 자신의 이윤을 추구하기 위해 개인의 양심을 버리고 어쩌면 다른 누군가의 삶을 망쳐 놓는 행동을 거리낌 없이 행하고 있는 것이 과연 옳은 것일까. 더욱이 심각한 것은 이러한 나쁜 뉴스를 적어 내는 사람이 시민을 도와주는 선량한 경찰이나 혹은 더한 누군가가 될 수도 있다는 것이다. 그렇기에 우리는 나쁜 뉴스를 구별하는 방법을 배우고 잘 활용해 가며 지금의 미디어 시대를 살아가야한다.

---

2 '전원 구조' 오보 이전 KBS 보도, 최민희 전 더불어민주당 의원실 자료

5
나쁜 뉴스를
바르게 읽는 법

「나쁜 뉴스의 나라」라는 책에서는 뉴스를 바르게 읽기 위해 가져야할 몇 가지 자세를 알려 주고 있다. '대답 대신 반문하기', '육하원칙으로 부족할 때는 전후 맥락을 보기', '뉴스의 연결고리를 의심하기', '편향된 기사만을 읽는 것이 아닌 여러 측 기사도 읽어보기', '뉴스 가치를 먼저 알아보고 뉴스 읽기' 등 여러 방법들이 제시되어 있는데, 나는 책을 읽는 내내 가장 좋은 방법이 의심하고 반문하는 것이라는 생각이 들었다. 뉴스 기사에서 나타나는 글을 그대로 받아들이는 것이 아닌 꼼꼼하게 따져 보고 그에 따른 반문을 스스로에게 해 보며 옳고 그름을 따지는 것이 뉴스를 바르게 읽는 법이다. 뿐만 아니라 여러 뉴스 기사를 접해 보면서 경험을 기르는 것 또한 좋은 방법이라고 생각된다.

우리를 비롯한 다른 사람들도 이렇게 글을 읽고 판단한다면 각자에게 도움이 될 뿐만 아니라 우리의 사회에서 침묵하고 있는 올바른 뉴스들을 나쁜 뉴스로부터 구해 낼 수 있다. 책의 한 구절인 '독자들이여, 언론의 핑계가 되어 달라.'라는 말이 나에게 가장 인상 깊게 다가왔었다. 이 말처럼 이 사회를 살아가는 우리가 그저 나쁜 뉴스를 읽고 탓하며 언론을 비난하는 것이 아닌 우리 스스로가 뉴스를 바르게 읽고 언론에 도움을 주어 올바른 사회를 만드는데 다 같이 한 걸음 나섰으면 하는 바람이다.

처음으로 책을 써 보게 되어서 어색하기도 했지만 설렘이 가득했다. 처음에는 이 글을 독자들에게 도움을 주고자 하여 쓰게 되었지만 글을 쓰면서 나에게도 많은 가르침과 깨달음을 주었던 것 같다. 「나쁜 뉴스의 나라」라는 책은 언론계열 진로를 꿈꾸고 있으면서도 기사를 꼼꼼히 읽고 생각해 보고, 올바른 판단을 내리는 것이 아닌 그 사실을 그저 신봉하려 했었던 나 자신에 대해 반성하고 성찰하게 된 계기가 돼주었다. 이 글을 쓰며 바른 정보와 정확한 소식을 꾸밈없이 전달할 수 있는 사회가 될 수 있도록, 나의 꿈을 이뤄서 대중들에게 진정한 믿음을 줄 수 있는 자랑스러운 대한민국 언론을 만드는 데 이바지해야겠다고 다짐하였다.

"이 사회를 살아가는 대중들이여, 한 사람의 한 걸음이 아닌 열사람의 한 걸음으로 다 같이 바른 언론을 만들어 가자!"

내가 읽은 책 ; 장강명

『한국이 싫어서』

　우선, 처음 이 책의 제목을 보았을 때 우리가 살아가는 사회를 어떻게 담아내고 누구의 목소리를 전달하는 내용일지에 대한 궁금증이 들었고, 그 다음에는 그저 왜 한국이 싫다는 과감한 문구를 제목으로 설정했는지가 궁금했다. 한참 사람들의 '탈한국'에 대해 관심이 치솟았던 나는 이 책을 읽고 다시 글을 써보고 싶다는 생각했다.

　한국의 현실을 한 사람의 이야기를 통해 풀어가는 것, 그리고 주인공이 자신의 주체적 삶을 위해 결심하며 한국을 벗어나는 장면이며 주옥같은 대사들, 전부 나에게 있어 뜻 깊고 많은 생각을 하게 했다.

아직 세상을 잘 아는것이 아니라 10대 입장에서 책을 이해하고 계나에 대해 말하는 것이 쉽지는 않았지만 적어도 앞으로 살아갈 때 내 삶의 주체는 내가 되어 나아가야하며 갖추어야 할 삶의 자세는 무엇일지에 대해 스스로 많은 질문을 던져보았다.

내가 쓴 글을 전체적으로 '한국이 싫어서' 책을 문학적으로 현실적으로 술술 써 내려간 '비명이 들어간 에세이'이다. 아직 미완성인 상태인 10대의 입장에서 써 내려간 다듬어지지않은 글 그 자체로 의미가 있는 글이라고 생각한다.

김서진

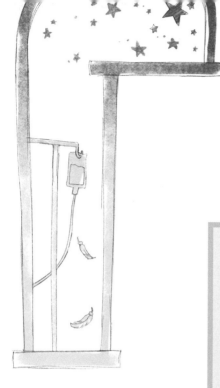

해브 어 나이스 데이

해브 어
나이스
데이

김서진

작가 소개

김서진(金栖辰)

별이 깃들다

장강명의 「한국이 싫어서」를 읽고 스스로 던진 질문과 그 대답들

많은 사람들이 이를 원한다. 혹은, 쉽게 입에 오르내린다.
나도 그렇고, 아마 모두가 그렇고, 계나도 그렇다.
계나는 결국 한국을 떠났다.

그래서, 계나는 왜 한국을 떠났을까?

차례

1
시작

'한국이 싫어서'

이 책의 제목이자 책의 주인공인 계나가 한국을 떠나기로 결심한 이유이다.

한국 사람인데 한국이 싫다고 하니 혹시 작가 혹은 주인공의 설정이 반애국자가 아닌가에 대한 의구심이 들 수 있다. 이러한 의구심을 잠시 뒤로 하고, 먼저, 우리는 지금부터 자극적인 제목 속에 숨겨진 진짜를 알아내야 한다.

이 책에 대해서 간단히 소개해 보자면 우선, 이 책은 주인공 '계나'의 이야기로 구성되어 있다. 책의 중심 인물 계나는 하루하루를 증권회사에서 고군분투하며 살아가며, 아침에는 '지옥철'을 탈 때마다 죽고싶다는 생각을 끊임없이 하기도 한다. 그리고 이외의 자신을 옭아매고 있는 그 모든 것들에 하루하루 '도전'하며 살아간다고 말한다.

계나는 결국 한국을 뜨기로 결심하고 자신과 연결된 모든 것들을 한국에 내버려 둔 채 호주행 비행기에 몸을 싣는다. 하지만, 호주에 도착해서도 순탄치만은 못한 나날들을 보낸다. 하지만 그럼에도 계나는 호주에서의 생활이 한국에서의 생활보다 더 낫다고 생각한다. 나중에는 남자 친구의 요청으로 다시 한국에 돌아오기도 하지만 자신의 인생이 더 중요하다고 판단한 계나는 남자 친구와의 이별을 결정짓고 다시 호주로 돌아와 자신만의 이야기를 펼치며 살아가는 것으로 이야기는 마무리된다.

*

"하지만 내가 가젤이라고 해서 사자가 오는데 가만히 서 있을 순 없잖아. 걸음아 나 살려라 하고 도망은 쳐 봐야지. 그래서 내가 한국을 뜨게 된 거야." - 11P

*

잔인한 약육강식의 세계에서 강을 나타내는 사자들로부터 살아남기 위해 가젤들 무리 사이에서 함께 걸음아 나 살려라 도망치는 계나의 모습에서 이 사회를 살아가는 많은 우리들의 모습을 연상케 한다. 계속해서 한국에서의 삶을 유지하는 것이 사자들 사이에서 가만히 서 있는 것과 다를 바 없다고 느낀 계나는 한국을 떠나기로 결심했다.

"사람은 가진 게 없어도 행복해 질 수 있어. 하지만, 미래를 두려워하면서 행복해질 순 없어. 나는 두려워하면서 살고 싶지 않아." - 160P.

*

한국에서의 생활에 진절머리를 느낀 계나는 한순간의 선택으로 인생의 반환점을 맞았다. 휴식을 가진다거나 일탈을 결심한 것이 아니라 자신의 인생을 새로 시작할 결정을 했다. 도피가 아니라 시작점을 다시 찍으러 떠났다. 어느 곳에서의 결정에도 위험이 따를 거라면, 후회가 남지 않는 결정을하는 것이 최우선이라고 계나는 생각했을 것이다. 앞의 대사에서 볼 수 있듯이 계나는 당장의 힘듦을 이겨내지 못하고 떠난 것이 아니라, 한국에서의 삶의 경험을 바탕으로 자신의 미래를 진지하게 고민해 보고 현재의 생활을 유지할 필요를 느끼지 못해 희망을 찾아 떠난 것이다.

2
우리는 지금

계나의 한국에서의 상황을 한 마디로 말해 보자면, 어쩔 수 없이 취직한 회사에 어쩔 수 없이 근무하며 어쩔 수 없이 돈을 벌며 살아가는 상황이다. 그렇게 의미 없는 나날들을 보내고 어쩔 수 없이 살아간다. 우리가 삶을 형성하는데 기반이 '어쩔 수 없이'가 되어 버리면 안 된다. 한 번 사는 인생을 어쩔 수 없이 살아가는 인생으로 내버려 두면 너무 아깝지 않은가? 하지만 '

한국'이 어쩔 수 없는 삶을 살아가게 한다. 무언가를 자꾸 포기하라 촉구한다.

소설 속에서 등장하는 상황을 통해 한국에서 살아가는 우리들이 겪고 있는 상황들을 하나하나 살펴보려 한다. 무엇이 그토록 계나를 호주로 떠나게 했을까?

첫 번째, 잃어버린 삶의 의미: 사회 구조

계나는 당장의 현실을 살기 바쁜 탓에 자신이 무엇을 위해서 살아가는지도 자각하지 못한 채 살아가는 대표적인 유형이다. 대부분의 청년들이 당장 눈앞의 현실을 헤쳐 나가기 바빠서 많은 것들을 포기하며 살아간다. 자신이 어디에 속해 있고 어느 방향으로 어떻게 나아가고 있는지 계속해서 많은 혼란을 느끼고 있는 계나처럼 말이다. 계속해서 되풀이되고 있고 나빠지면 더 나빠지고 있지 좋아질 기미를 보이지 않는 사회 구조가 계나가 한국을 떠나게 된 그 첫 번째 원인이라고 생각한다. 치열한 사회에서 모두 자신이 속한 집단 속에서 깔리지 않기 위해 고군분투하는 모습이 현대를 그대로 담고 있다고 생각했다.

두 번째, 직장 내 분위기

계나가 다니는 회사는 한때 직원들의 연이은 자살, 아주 적은 보수, 좋지 않은 업계 평가 등 많은 부정적 요인들로 가득했다. 불필요한 위계질서 아래의 분위기 속의 회사가 계나의 탈한국을 한층 더 북돋았을 수도 있겠다는 생각을 했다. 낮부터 모든 직원들이 강제적으로 받게 되는 정신 교육, 구호 외치기를 비롯해서 회식 자리에서 오가는 여직원들에 대한 서슴없는 성희롱. 낡아빠질 대로 낡아빠진 고정관념 속에서 아직도 탈피하지 못한 몇 사람들이 만든 사회 구조 아래의 회사 분위기를 두 번째 원인으로 꼽았다.

세 번째, 인간 관계

　계나의 인간 관계 속에서 가족만큼이나 큰 비중을 차지하고 있는 것은 지명이다. 지명은 계나의 남자 친구로, 계나는 지명과의 신분차이를 느끼고 좌절을 겪기도 했다. 신분제도가 존재하는 시대가 아니다. 하지만 멋대로 돈, 집안으로 상대방을 평가하고 상대방과 자신의 경계를 멋대로 그어 버린다. 실상 까보면 모두 다 같은 인간이다. 사람간의 관계에서 가치의 중심을 물질에 두는 몇몇이 만든 사회 분위기가 잘못된 것이다.

*

　난 정말 한국에서는 경쟁력이 없는 인간이야. 무슨 멸종해야 할 동물 같아. 아프리카 초원 다큐멘터리에 만날 나와서 사자한테 잡아 먹히는 동물 있잖아, 톰슨가젤. 걔네들 보면 사자가 올 때 꼭 이상한 데서 뛰다가 잡히는 애 하나씩 있다? 내가 걔 같애. ……(중략) - 11P

*

　인생은 어떻게 보면 경쟁의 연속이다. 경쟁이 나쁘다는 것이 아니다. 경쟁 속애서 살아가는 우리 모두를 승패에 지나치게 연연하게 하고, 경쟁에서 패배를 경험했을 때 실패자로 낙인시키는 사회 구조가 잘못된 것이다. 아등바등 경쟁 속에서 살아가는 것이 습관이 되어 버렸다고 생각하며 마주한 현실에 답답함을 느끼긴 하겠지만, 또 다시 현실로 돌아가야 한다는 의무감에 현실을 다시 살아간다. 계나처럼 자신이 지닌 모든 것을 내려두고 한순간의 결심 후 인생의 새 시작을 강행하는 것이 보통사람이 감당하기에 쉬운 일은 아니다. 소설처럼 쉽게 인생이 풀린다면 얼마나 좋겠는가.
　하지만 소설은 소설이고, 그럼에도 우리는 다른 방법으로 충분히 나아갈 수 있다.

3
10대의
'한국이 싫어서'

소설을 읽는 입장에서, 같이 한국을 살아가는 입장에서 나도 자연스럽게 계나의 입장이 되어 소설 속 상황을 바라볼 수밖에 없었다. 그저 한국을 떠난다는 뉘앙스의 제목이 아닌 한국이 싫다는 직설적인 제목의 책은 책을 읽기 전부터 나에게 많은 생각을 하게 했다. 비행기에 오르는 주인공을 시작으로 하는 책의 도입부가 괜시리 심장을 뛰게 하기도 했다. 여행이 목적이 아니라 새 삶터를 개척하러 비행기에 오르는 기분을 알지 못해서가 아닐까.

사실 20대의 이야기를 담은 책인 만큼 사회에서 많은 경험을 해 보지 못한 나는 계나의 상황들이 크게 와닿지 않았다. 사실은 글을 쓰기도 전부터 막막하기도 했다. 하지만 한국을 살아가는 입장에서 마주하고 부딪히는 많은 상황들에 대입했을 때 계나가 얼마나 힘든 현실을 홀로 버티고 있는지는 충분히 느낄 수 있었다. 계나가 살아가는 현실, 곧 우리가 살아가는 현실에 대한 생각뿐만이 아니라 책을 읽는 내내 깨달음을 느낄 수 있었던 또 하나의 부분은 자신의 삶을 개척해 나가는 계나의 '주체성'이었다. 자신의 앞길은 자신이 개척해 나가는 것임을 계나는 자각하고 있었기에 한국에서의 생활을 정리하고 호주로 떠난 것이라고 생각한다. 계나를 통해 나만의 삶을 스스로 개척해 나아가야 한다는 그 의미를 알게 되었다.

4
해브 어
나이스 데이

'해브 어 나이스 데이'는 처음으로 계나가 호주에 도착했을 때 국경을 넘으며 자신에게 중얼거린 말이다. 또한 나중에 계나가 완전히 호주에서의 삶을 결심했을 때도 홀로 이 말을 중얼거린다.

호주에서의 새 시작을 위해서 홀로 중얼거리는 '해브 어 나이스 데이' 이 한 마디는 계나 자신에게 있어 많은 결심과 힘을 주는 한 마디, 새 시작을 위한 한 마디일 것이라고 생각한다. 따라서 책에서 계나가 홀로 중얼거린 이 한 마디처럼, 우리 모두가 우리 모두의 삶의 시작선 위에서 많은 결심과 스스로의 응원 아래에 힘차게 나아갔으면 하는 마음에서 '해브 어 나이스 데이'로 제목을 지정하게 되었다. 시기와 장소는 중요하지 않다. 자신이 결심하고 한 발자국 내딛는 그 시작점이 자신의 출발점이라고 생각한다. 모두가 시작점을 찍은 그 시점에서 힘차게 나아갔으면 한다.

'해브 어 나이스 데이!'